晨讀10分鐘

酷少年故事集

公共電視・零壹媒體創意有限公司 原創
諶淑婷 文
顏寧儀 圖

目錄

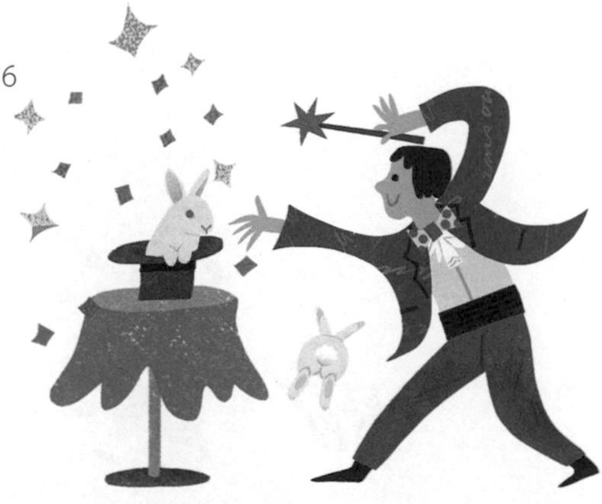

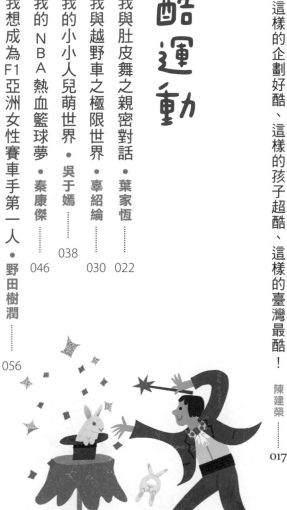

Part.2

酷藝術

Part.3

酷專長

Part.4 酷意見

作者序

堅持信念、接受各種不完美的「酷」少年

文／公共電視兒少節目組長舒逸琪

一直很羨慕，英國、荷蘭、北歐等國家的公共電視，把兒少紀錄短片視為長期經營的重點，以兒少視角，記錄著在不同角落過著看似平凡生活的生活紀錄。影片說的是誰的故事？裡頭的主角擁有何種特質？兒童觀眾是否能從中獲得力量，一直是一部好的兒少紀錄片珍貴的價值，因為它和兒童對自己的想像，認同以及世界觀緊緊相連。

猶記《小孩酷斯拉》製作人林音，帶著臺灣及世界各地不同的酷小孩故事來提案時，心中雀躍不已。因為我們終於也有機會訴說屬於臺灣孩子的故事。企劃案中有臺灣年紀最小的疊杯世界冠軍選手、有愛上肚

皮舞的小男生、十二歲就成為史上最年輕的 DJ 世界冠軍等等各種與眾不同的十到十四歲兒少的故事。

開案過程我們熱烈的討論著，到底什麼樣的小孩，符合我們心目中的「酷」呢？是家庭貧苦卻能勵志向上？還是超齡表現，奪得「世界冠軍」的各領域小選手，對電視前的小朋友來說，他們只是遙不可及的「模範生」？亦或如實呈現小主人翁在自己喜愛領域中展現熱情和投入，就足夠動人，帶來啟發？

經過不斷辯証，我們一致同意，酷並不只是完美、卓越，而是面對生活中的不完美，堅持信念勇於追夢的過程。於是更多的「酷」小孩出現了，有喜歡修水電的農村少年、以樂觀態度接受身體的糖尿病童、有中度智能障礙卻因火車有了夢想的超級鐵道迷，以及為了幫助沒錢的人而用鱷魚糖果做慈善的小小創業家。

這一系列節目完成後，不但贏得許多重要的國際兒童影展獎項，還被國小老師引用為生命教育的教材，甚至成為月考考題，以及學校課堂延伸應用的影音素材。

囿於篇幅，每個故事只有短短十幾分鐘，但其實孩子說了好多好多，謝謝共同作者諶淑婷小姐，將採訪素材加以整理，並悉心的確認文字是否貼切符合孩子的自述表達。二十個精采的故事被細分為「酷運動」、「酷藝術」、「酷專長」和「酷意見」，轉換成一本適合國中小學生每日晨讀十分鐘的《酷少年故事集》。書籍除了再現節目的精神，還提供了《小孩酷斯拉》每一集的影音連結以及實用的酷行動建議，讓讀者知道如何和故事主人翁一樣，成為更有行動力量的人。

感謝親子天下能與公共電視攜手努力帶給孩子新視野，深切期盼這些故事，能為長期被單一觀點侷限的臺灣孩子和父母，提供更多元的價值，這也是公共電視在兒少節目經營裡，所肩負的責任，邀請讀者一起來認識這些酷少年，希望讀完這些故事，你也能和我一樣為這些孩子驕傲和感動，並啟迪兒童以同理心和尊重包容各種可能，成為更好的自己。

作者序

陪伴孩子找出獨特且無限的潛能

文／諶淑婷

《晨讀10分鐘：酷少年故事集》收錄了二十個酷少年的成長故事，他們因為各種原因，生理的特殊、心理的想望、家庭的變化、校園生活的問題，擁有了和別的孩子不一樣的童年，或許是辛勤練習好在比賽場上發光發熱，或許是成為某個領域的專家達人，甚至創業當上CEO、與疾病奮戰等等，總之，他們很不一樣，真的酷死了。

但是明明有那麼多爸媽在抱怨孩子無法堅持於自己的興趣、沒有追尋夢想的勇氣與毅力，日子過得安逸、想法太隨波逐流，為什麼《酷少年故事集》的二十個孩子可以做到？

其實每個孩子都曾有過相信自己擁有無限可能的階段，個人即是世界的中心，喜歡什麼、想做什麼，都理所當然往前衝。這二十個酷少年很幸運，他們早早就發現了自己想做的事，而且跨越了多數孩子會遇到的第一座難關——被爸媽拒絕。他們的爸媽甚至幫忙披荊斬棘，當起專屬教練或是超級粉絲、最佳盟友。畢竟實踐夢想的路已經夠曲折難走了，爸媽何必擔心孩子會不肯放棄、不知現實困難？

不可否認，兒童最初生活經驗大多來自家庭，這些酷少年發展的專長多數受到爸媽影響，例如張瑜庭學習疊杯是源自媽媽引介，而張道順學魔術、辜紹綸騎越野車、陳星允賞鳥、高睿陽考取業餘無線電執照、秦康傑打籃球，都與自小看著父親有關。但葉家恆跳肚皮舞、顏辰祐練打擊樂、劉家愷成為鐵道迷、戴莒昱變成水電達人，都非家人所能預料；至於想當福音歌手的余皓婷、拍片的郭于萍、開發國際交友 App 的葉礽信，更是因自己的生活經驗出發，一心想幫助別人。他們共同擁有的，不是遺傳天賦，而是愛著他們的家人給予全然的支持與陪伴、適當的經驗傳授與容許失敗。

有趣的是，這些生命故事還是有些微差異。承接了爸爸專長或興趣的孩子，都很高興自己與爸爸之間有了更多互動與話題，但也苦惱爸爸變身嚴厲教練，隨著孩子年齡增長，產生新的親子衝突；反倒是媽媽們比起孩子的比賽成績或練習表現，更在意孩子整體發展是否平均，她們相信過程中的體驗已為孩子帶來豐富能量。

不管是哪一種教養方式，從這些孩子的故事我們了解到一件事，每個孩子都擁有獨特且無限的潛能，有些「剛好」與我們擅長的相同，有些則是我們未曾觸及的領域，我們無法強求孩子長成自己設想的模樣，卻能在陪伴他們成長的過程中，改變自己的視線高度，引導孩子突破社會、校園制度給他的框架。如果我們能力不足以教他展翅飛翔，那麼至少不比較、不責備，不要成為折損孩子羽翼的那個角色。

希望透過這本書，幫助更多的酷少年得到充分的聆聽與支持，並且一直保持初心，相信自己努力就可以做到。無論外界如何紛擾或讓他受傷，都能聽見自己的聲音、覺察自我感受，願意問自己想要什麼、需要什麼，跳脫他人評價的束縛，相信自己有能力跳入一場值得挑戰的冒險，有時無所適從也不要緊，只要開始思考、付諸行動，他們就是有力量的一方！

推薦序

《酷少年故事集》讓孩子世界無限寬廣

文／彰化原斗國小教師林怡辰

「如果小孩的宇宙要變得寬廣，就是爸媽的宇宙變得寬廣了，或是孩子自己決定要變得寬廣的時候。」酷少年之一的中島芭旺這麼說。

生命有千變萬化的色彩，如果只鎖在單一的象牙塔裡，是多麼可惜的事？生命有各種別具意義的存在方式，如果只貪圖物質享受和小確幸，又要怎麼看見自身的豐沛能量？或者參考眾多偉人的故事，這些題材雖然真實有力量，但年齡與孩子有差距，時空背景都不同，還有沒有別的選擇？

有，就是這本《酷少年故事集》。

書中二十位勇敢築夢的酷少年，和小讀者年齡相仿。以四大主題分類，有藝術、運動、專長、意見，讓孩子看見學業以外特殊專長和偏才的天空。在追逐夢想的過程中，挫折是家常便飯、挑戰是每日必然，字裡行間也引導孩子思考、鼓舞自己，如何像書中主角一樣，為自己喜歡的事物堅持不放棄。在讀完故事後，每篇還附上「酷少年小檔案」和「如何展開酷行動」的建議，讓孩子讀後省思，自己做做看、想想看，再搭配影音 QRCODE，用不同素材重新認識故事中的主角，宛如一間真人圖書館，多感官的閱讀，更貼近這些酷少年的靈魂。

在《酷少年故事集》中，我們看到為了自己深愛事物，不輕言放棄的實例，比如：喜歡跳肚皮舞的葉家恆，在遭受到異樣眼光、不理性的批評時，怎麼樣在家人支持下傾聽內心聲音，堅持舞動；四歲被檢驗出有聽力障礙的張道順，在學習魔術的路上努力克服身體限制，最後拿下二〇一七年世界兒童魔術大賽冠軍；十五歲的郭于萍，五年前剛從加拿大回到臺灣時一句中文都不會說，讓她對身心障礙者處境感同身受，用拍攝影片的方式為他們發聲，希望大眾在面對他們時可以同理而去除偏見；有水電強迫症的戴菖昱，為了練習摺管，即使歷經三、四十次失敗仍堅持不懈，就是想要學會這項技術，用水電造福人群；還有用App創業的葉礽僖，現在已經是小小CEO，App上的用戶也增加至五萬多人，當她在學校遇到霸凌時，處理的方式和勇氣也因此協助了創業……

這些酷少年的生命故事，從探索、迷惘到尋找認同，身心障礙到突破自我，專注自身到關懷社會公益，年齡永遠不是限制，生命的意義和價值，永遠可以自己選擇及決定。和孩子一起閱讀《酷少年故事集》，看見更多事實和生命的力量，每個孩子都可以突破生命框架，成為活出天命的酷少年！

推薦序

這樣的企劃好酷、這樣的孩子超酷、這樣的臺灣最酷！

文／臺北市特殊優良教師、親子天下教育創新領袖陳建榮

其實十分羨慕現在的孩子們，因為這世代可以用多重的方式定義自己；其實十分讚賞現在的孩子們，因為這世代可以用更巧妙的創意連結世界。

這樣的孩子們真的太「酷」了！

大約五年前，在公視兒少節目的評選會議上，看見五花八門的節目企劃：有的還停留在史前時代的想法，有的認為把主持人換成小孩就有兒少思維，直到一份《直播世界小達人》的企劃案提供完整深入的田野調查資料，又結合時下流行的話題，甚至願意走訪多個國家，讓評審們

各個眼睛一亮！

之後很榮幸能和世新大學黃聿清教授一起擔任節目顧問，和製作人林音開會討論，如何讓節目邀集更多元的小達人，讓畫面更加生動有趣，讓內容更具兒少觀點，也分享「慕尼黑兒童影展」中各國優秀兒少節目的寶貴經驗。爾後經過一年多的製作拍攝，克服許多現實的困難，終於誕生深獲各界好評的優質作品——《小孩酷斯拉》。

《小孩酷斯拉》的成功是來自於許多勇敢的堅持：堅持不要旁白、堅持第一人稱視角、堅持真實的微紀錄片形式、堅持跨越臺灣與世界超連結，讓孩子說出屬於自己的生命。故事的題材包羅萬象：有舞蹈、音樂、藝術、哲學、魔術、賽車、運動及生態等，同時也呈現特教、性別、人權、生命等教育議題，還遠赴澳洲、日本、香港出外景，每一集都是極為珍貴的成長歷程，也帶給觀眾更為深刻的人生啟發。

如此小巧精緻的節目很適合在教室和學生一起討論共賞，就連我在晚上備課的時候，也常常看到激動落淚，久久不能自已……我們班星樂園在午餐時間與綜合活動課看過許多集數，其中葉家恆的故事——〈我與肚皮舞之親密對話〉，甚至還成為國語期中考題裡的閱讀測驗。期待藉由主角的故事鼓勵更多孩子認同自我、覺察自己，勇於跳脫框架，突破生命原有的限制！

因為有勇敢的製作團隊、有勇敢的小孩主角、有勇敢的家庭故事、有勇敢的公共電視，得以成就這個近年來最讓人感動的兒少節目，也因此能獲得「媒體觀察基金會」的自製優質兒少節目五星獎與兒少發聲特別獎。

如今欣見《小孩酷斯拉》從原有的影音作品搖身一變，成為培養閱讀習慣的書籍《酷少年故事集》，將二十位孩子的精采閱歷分為：酷運動、酷藝術、酷專長、酷意見，更加上精緻豐富的插圖，不僅讓讀者賞心悅目，還能掃描 QR Code 觀賞影片。當家長和師長還在為一〇八課綱及學習歷程檔案苦惱的時候，其實從這本《酷少年故事集》的跨媒體合作，就能讓孩子進一步探索興趣及專長，培養公民意識，擴展國際化視野，深化素養導向的學習，幫助新世代建立面對未來的關鍵能力。

Part.1

酷運動

我與肚皮舞之親密對話　葉家恆

跳舞既開放又自由，我想跳什麼動作都可以，開心不開心，都可以藉由跳舞抒發心情，舞蹈就像是我的女朋友，我很愛很愛跳舞，想一直跳舞。

我今年十三歲，應該是全臺灣最喜歡跳肚皮舞的男孩子了！

在愛上跳舞前，我只是個平凡的小學生，每天上學、放學回家，生活日復一日；愛上跳舞後，放學後的時光我都拿來練舞，不再把時間浪費在滑手機。跳舞既開放又自由，我想跳什麼動作都可以，開心不開心，都可以藉由跳舞抒發心情，舞蹈就像是我的女朋友，我很愛很愛跳舞，想一直跳舞。

我是天生的舞者

從小我聽到音樂節拍，身體就會不由自主的開始扭動，看著YouTube影片就能又唱又跳，天后蔡依林的舞步也難不倒小小的我。那時同樣愛跳舞的姑姑帶我到肚皮舞課堂，沒有想到第一次接觸肚皮舞的我就展露了熱情與天分，連從來沒教過小孩的肚皮舞老師也願意收我當學生。

在大家的鼓勵下，我從國小一年級開始正式上課，學習肚皮舞如何藉由腰臀動作與腹部力量，展現力與美，動作必須細緻不粗野，同時要懂得掌握音樂節拍，最重要的是，跳舞讓我心情很好！

跳舞的人就應該被霸凌嗎？

我在舞臺上像是一位天生的表演者，享受每一次演出，大家誇獎我音樂節奏感佳，又因為男生特質使然，跳起舞來也比同年齡小女生更有力道，放學後練舞一個小時成了我每天最大的享受。

只是，跳舞也讓我在國小時承受了不小的壓力。一些知道我在跳肚皮舞的同學，開始對我講一些不好聽的話，讓我有些意志消沉。二〇一六年，當時十一歲的我到韓國參加「首爾世界肚皮舞大賽」，得到中低年級組冠軍的好成績，我好興奮，自己一直以來的努力終於被認同，應該也能化解同學的誤會吧？沒想到，同學的惡意舉動並沒有停止。

國小畢業前夕，媽媽和我討論升學的選擇，問我想讀哪一所國中？我立刻說：「有欺負我的人的學校，我不要去讀。」她才知道我被霸凌的事。媽媽起初很生氣，我還反過來安慰媽媽：「他們一定知道我是男生，只是故意那麼做而已。」

這些事情讓我一度對肚皮舞又愛又恨，舞蹈應該賜予我心靈與肉體上的自由，卻也讓我猶如關在箱子裡被人評論、欺負的動物。那些人說我是女生才會愛跳舞，但他們根本不懂跳舞啊！明明我和其他男生一樣，喜歡看電視、也愛看漫畫，為什麼跳舞就變成女生？我不懂。

家人的愛與支持，讓他的舞步不停歇

幸好，我有家人的愛與支持。爸媽從不缺席我的每場比賽、每場表演，他們不擔心跳肚皮舞「太女性化」，媽媽還親手將亮片縫上美麗的舞衣；爸爸也說，無論我做什麼，他都會大力支持，他只怕兒子找不到自己真正的興趣。

媽媽曾經開導我，把負面情緒轉成動力，繼續前進。姊姊也告訴我，不要在意別人說的那些話，「九成的人都喜歡你，只有一成的人不喜歡你，為什麼偏偏要去在意那一成的人？」媽媽和姊姊的話安慰了我受傷的心，如果有機會遇到批評我的人，我想說：沒有人應該被別人評價自己，何況根本不懂舞蹈的人，如何評論我們是什麼樣的人？他們哪裡知道，舞臺上三、五分鐘的演出，是好幾年苦練累積的成果？另一方面，我也希望告訴霸凌者，你們的舉動是錯誤的！看人不順眼不代表就該公開批評、欺負對方。

跳舞是上天給的禮物，不是處罰

更何況我一點錯也沒有，跳舞是上天賜予自己的能力，難道我要去做自己不喜歡、身體也不擅長的事？而且肚皮舞不是只有女生才能跳，男生當然也可以！就像警察、軍人有女生，飛機上的空中服務員也有男生，臺灣還有女總統呢！為什麼臺灣不能有肚皮舞男舞者呢？

我曾經在外婆壽宴時，穿上最好看的舞衣，為外婆跳了一支舞。剛開始我好緊張啊，害怕親戚和其他孩子的反應會讓自己心碎，沒想到表演結束後，大家都熱情鼓掌，讓我鬆了一口氣。我也有去參加韓國ＳＭ娛樂經紀公司的練習生徵選。那場徵選沒辦法事先準備，現場隨機播放音樂，參加者必須在三十秒內即興編舞，我因為緊張沒能好好表現，結束後只留下評審充滿「殺氣」的眼神，雖然沒有成功，但我還是很高興，因為自己努力過了！

在面對升學的選擇時，我決定就讀彰化藝術高中國中部舞蹈班，看到同學都是愛跳舞的人，讓我安心多了，雖然同學大多是跳芭蕾舞、現代舞或民俗舞蹈，但向同學學習不同類型的舞蹈元素，也可以增加自己跳舞的養分。而且，我總算不用在舞動身體時，在意他人的異樣眼光，現在的我非常自豪，跳肚皮舞就是我最特別的地方，我和其他人不一樣！

酷少年
小檔案

十三歲的葉家恆，從國小一年級開始學習肚皮舞，至今已有六年的舞齡。2016 年，葉家恆，參加韓國首爾世界肚皮舞大賽得到冠軍。儘管有些人對於男生跳肚皮舞抱持異樣眼光，幸好有家人的陪伴與鼓勵，讓他重新以樂觀的態度面對肚皮舞與國中新生活。

小孩酷斯拉影音頻道
葉家恆▶

酷運動要如何開始？

試試看，把手搭在腰上，接著雙腳合攏，輪流微彎，1、2、1、2、1、2，這就是「shimmy」（擺動）；第二個動作是臀骨畫圓左右移動，將兩個動作結合在一起，先抖動、再前後、前後轉圈移動，一分鐘就能學會肚皮舞喔！

我與越野車之極限世界　辜紹綸

小時候我只是看著爸爸去烏溪橋附近練車，覺得他們好厲害喔！我也想這樣騎車！等我夠大，第一次騎車時，才發現其實難到爆！

引擎發動，一催下油門，辜紹綸騎著越野機車往前衝去，沙地衝刺、攀爬障礙，每當機車飛到空中，就是辜紹綸的美妙時光，他可以完全放空，也可以思考，或是著墨等一下要在哪裡著陸，然後繼續往前衝，挑戰下一個上下坡！

拿下安全帽、卸下護具的辜紹綸，就是一般青澀少年模樣，但他騎越野車資歷已深，小學三年級就跟著擔任越野車教練的爸爸學習。騎越野車三年多，辜紹綸家裡已經有一面「獎盃牆」，他的好成績來自家裡的慈父嚴師辜俊甫。辜俊甫擔任專業越野車教練資歷二十年，常常帶著辜紹綸四處觀察騎車路線，討論什麼樣的距離才能讓車子「飛」。爸爸也教他，起步時要先放慢，騎車雖然帥氣，但最忌諱一下子就往前衝，如果冒冒失失只追求速度，轉彎瞬間很容易摔倒，所以車手必須學習找合適的路線，在最恰當的定點轉彎再取直，每一個判斷都會影響騎車狀況，這就是越野車的魅力。

剛開始學騎越野車，辜紹綸很緊張，身體也非常緊繃，雖然穿戴好靴子、手腳護具、安全帽等全身裝備，但他還是湧起各種恐懼，當爸爸教他騎上斜坡跳躍時，他擔心自己抓不住車子，「我待在那裡，看其他車手一一『飛過去』，其他人可以，我為什麼做不到？」辜紹綸鼓舞自己，一直反覆練習，現在對他來說，爬坡後在空中控制車身方向一點也不難了。

我是會害怕受傷的蜘蛛人

「騎車真的很好玩、很帥！學會騎車後，我覺得自己從平凡人變得反應超快，而且是能飛在空中的蜘蛛人！」現在韋紹綸很喜歡練車，除了教練爸爸，一起騎車的阿姨、叔叔、伯伯也會幫忙指導他的動作，不過在他們眼中，韋紹綸只有剛起步比較緊張，騎到第二圈、第三圈時，就像「如入無入之境」，越騎越嗨！韋紹綸笑著說：「我以前比較『ㄎㄧㄤ』，爸爸叫我做什麼動作，我都敢做，長大之後反而越想越多，看到

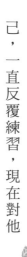

跳臺也會產生心理障礙，覺得跳臺那麼高，有點可怕，腦袋裡忍不住想東想西，擔心摔車受傷……」

辜紹綸腦袋裡的想法，也是其他家人最大的擔心，他的姊姊曾經在練車時受傷而腳骨斷掉，必須休養復健至少一年。奶奶很怕他也受傷，非常反對他騎車，每當奶奶問辜紹綸週末要去哪裡玩，發現孫子顧左右而言他時，就知道他又要去騎車了，只是怕自己擔心不敢明說。

辜紹綸希望媽媽和奶奶能夠更放鬆一點，因為他已經學會，怎麼摔車比較不痛，「當你摔出去，等快掉到地面時再鬆手放開車子，這樣摔下去的力道沒有那麼大。如果是過彎摔車，就要記得跟著車身一起傾斜，讓身體和車子一同滑出去，車子幫身體擋去障礙物，沒有直接撞到東西，就不會那麼痛了。」

爸爸也叮嚀他，發生意外時，記得「救人不要救車」。辜紹綸剛開始做不到，摔車時會因為緊張忘了放手，沒丟掉車子的下場就是全身是傷。學習過程中，他身上留下了大大小小的傷疤，有些傷疤淡了，有些仍明顯可見，媽媽看了十分心疼，但為了尊重辜紹綸，她還是同意他繼續騎車。

放棄不會是我的選擇

其實辜紹綸不是沒有想過放棄，畢竟他也還是孩子，會怕受傷也怕痛，練車又辛苦。但這個興趣從小陪伴自己長大，一旦放棄不僅他自己覺得不甘心，也心疼爸爸這麼多年為了培訓自己花的錢和精力。現在他轉換了想法，決定以AMA超級越野摩托車大賽為目標，他知道那些得到冠軍的車手，也會經歷摔車、嚴重受傷等打擊，但放棄騎車不會是他們的選擇，他希望自己也有這種超強意志力！

看著辜紹綸投入越野車，教練爸爸心中最希望的不是他在賽場上拿下冠軍，而是能學到運動家精神，不管怎麼摔車，都要堅持完成比賽，即便知道自己一定是最後一名，也要盡力而為，永不放棄。有時爸爸會用激將法，責備辜紹綸騎車沒有盡全力，或是因為他不敢飛跳臺大聲責備他，被激怒的辜紹綸立刻油門全灌，一次飛過。爸爸知道，紹綸和兩個姊姊個性不同，比較膽小的他，遇到不安的狀況會退縮，如何讓他願意面對自己的恐懼、勇敢嘗試，是身為教練的能耐。

許多人對越野車有很深的誤解，認為騎車的人是「愛炫耀、愛自嗨的屁孩」，爸爸也叮嚀辜紹綸平時不要和他人談太多騎車的事，就算是他曾拿下二〇一八臺灣越野摩托國家賽MINI MX組全國冠軍，也不要對外炫耀得獎的成績。又因為臺灣體育班環境沒有越野車項目，辜紹綸只能讀羽球體育班，但他學習成績差、又完全不會打羽球，結果和同學格格不入，還被同學嘲笑球技太爛，讓他一度想轉學逃避，但爸爸告訴他：「你要做給大家看，不能只是逃避這些事。」辜紹綸明白爸爸的用心，以練車的毅力練習打羽球，不想再被同學瞧不起。

「我投入這個運動很久了，聽到別人排斥騎車，心裡其實很傷心，其實這是很棒的運動，讓我鍛鍊自己的身體，膽子也變大了。」辜紹綸的夢想，就是有朝一日去美國參加ＡＭＡ拿到世界冠軍，讓臺灣人重視越野車這項運動，想學騎車的人有更多場地可以選擇，到那時候，他就能自豪的說：「我要騎車一輩子！」

酷少年小檔案

辜紹綸第一次騎越野車時才小學三年級，卻立刻愛上了這項極限運動，即使訓練中受再多傷也從不喊苦，反而很著迷那種速度和跨越障礙的快感。2018 年辜紹綸贏得臺灣越野摩托國家賽 MINI MX 組全國第一名，是該項比賽舉辦以來年紀最小的冠軍！

小孩酷斯拉影音頻道
辜紹綸▶

酷運動要如何開始？

從五、六歲開始可以學習騎腳踏車，熟練之後，利用住家附近安全的小路、不平的地面，練習一些騎車技巧，例如「拉前輪」，手腳用力、重心往後，就可以把前輪拉起來了，如果怕翻車，記得壓後煞車，比較不會翻，這個動作很好玩，大家試試看！

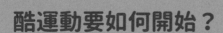

我的小小人兒萌世界　吳于嫣

我想讓大家知道，跳舞對我這樣的小個子來說不是一件難事，就算我的手短、腳也短，還是可以做出很好看的動作，只要用心就可以跳得很好！當我跳到拍子上，就會覺得自己超厲害的！

一百公分的世界是怎麼樣呢？那可能是一般四歲孩子的高度，也是今年十三歲的吳于嫣每日看到的風景。罹患軟骨發育不全症的她，身高只有一百零一公分，她不只身材嬌小，成長也比其他孩子慢，「搭公車時，會有一些阿公、阿嬤問我幾歲，我回答十三歲，已經六年級了，但他們都不相信，覺得我騙人，我只能安慰自己沒關係，被當成兩歲也不會怎麼樣啊！」吳于嫣苦笑說。

吳于嫣最苦惱的是過馬路，尤其是車多的十字路口，個子小小的她，身邊不一定有成年人陪伴，「我儘量不一個人過馬路，因為我知道自己太小了，如果汽車駕駛沒有往下看，根本看不到我，真的非常危險，除非我舉著旗子，讓大家知道『這裡有人』才可以。」身高的限制，讓吳于嫣感到不安全。

跳舞讓她忘了身材的限制

唯一讓她能忘記身材帶來的不便與不安的時刻，就只有跳舞了！吳于嫣非常喜歡跳舞，這四、五年來的跳舞時光，讓她變得有自信、更有成就感。吳于嫣知道，有些像她這樣罹患軟骨發育不全症的小小人兒會因為身體問題性格比較內向，但她不會，這就是跳舞的功勞，跳舞讓她整個人亮了起來！

而且跳舞的朋友超挺她！有一次朋友們聽到一年級的學生笑吳于嫣是「哪來的小屁孩」，生氣的罵對方：「你們才是小屁孩！」吳于嫣反而狀況外，傻傻的不知道發生什麼事。後來知道朋友這麼講義氣，吳于嫣笑了，其實被一年級學生笑，她沒有那麼在意，只是有一點點傷心，「對這種事不要太在意，不過我也沒辦法做到不在意就是了。」

吳于嫣還會和小姑姑、大姑姑，還有奶奶一起到教會表演舞蹈，她熱心的教大家怎麼跳原住民民族舞蹈阿美恰恰：「腳點兩點、再點一下，動作要很浮誇、很大，才會好看。」奶奶誇讚吳于嫣厲害，只看三、四次影片就學會了，不像她們幾個成年人，練習了一、兩個月還是跳不好。

「奶奶她們不知道，高的人跳舞不會想太多，是跟著做動作而已；但我們小小人不一樣，我們會想，我們這麼矮要怎麼跳舞？要想到很多細節，要比別人更努力才行！」就連和別人聊天，吳于嫣也會小心翼翼，希望大家知道她雖然個頭小，不代表心智年齡也只有三、四歲，請大家放心把她當成一般同年少女聊天。

在學校，熱心的同學會幫她搬椅子、提重物、飲水機倒水，吳于嫣很感謝大家幫忙，但心裡有點不好意思，擔心耽誤了同學的時間，所以自己能做到的事，她儘量不找人幫忙，不過也不能太勉強自己，比如沉重的書包對她來說就是個負擔，物理治療師提醒她要減輕重量，以免肌肉負荷不了。

走在路上，吳于嫣常常被問：「為什麼長這麼矮？」她其實不想回答，但又不希望被誤會，還是會簡單說明自己生病了，接著一定會被追問什麼病，「我回答軟骨發育不全，他們聽不懂，就會說『喔』，然後轉身走掉。」讓她心裡很不舒服，其實她只希望聽到一聲「加油」而已。

如果全世界的人都和我一樣

吳于嫣心裡有一個理想世界，就是所有的人都和她一樣高，像小小兵那樣，大家都是長不高的人，無法關燈、提重物，想做什麼事，必須靠兩、三個小小兵互相幫忙，而且當全部的人都一樣高的時候，就「沒有比較沒有傷害」啊！吳于嫣內心極度渴望被視為「正常」，也能得到公平的對待，成為大家的「普通朋友」，不再被指指點點，不再有任何人多看她一眼。

她的小小兵世界，就是和其他小小人兒的朋友聚在一起的時候，他們會一起打球、聊天，和其他軟骨發育不全症的患者相處，吳于嫣覺得很自在，不用理會那些不懂他們的人，心裡很有安全感。

等待，能坦然以對眾人目光的那一天

她曾問那些年紀比自己大的小小人兒，如何面對其他人的指指點點？吳于嫣的小小人乾媽告訴她：「當年我媽媽告訴我，因為我長得很可愛，跟大家不一樣，所以他們會多看我一眼。」大頭哥哥也說，若是走在路上，被陌生人挖苦「身體很小、頭很大」，大頭哥哥的家人會幽默回嘴：「哥哥，你的粉絲怎麼那麼多，大家都很關注你耶！」他們想告訴吳于嫣的是同一件事：試著用樂觀的心情去面對，放寬心情，對盯著自己看的陌生人說：「嗨，你在看我嗎？」

吳于嫣決定參考大家的意見，如果又有陌生人偷偷看自己，就大方微笑以對，甚至比一個「ＹＡ」的手勢，這個挑戰對她來說並不容易，因為光是走在人來人往的街頭，已經讓她緊張到整顆心臟快爆炸，果然，還沒成功露出笑容，她已經轉身撲向媽媽，忍不住哭了出來。

「我看到每個人都轉頭看我，心情越來越差，我真的做不到，本來手已經要舉起來對他們打招呼了，但有個力量又把我的手拉了回去。」

吳于嫣知道，自己還需要時間，一切只能慢慢來、慢慢來。

酷少年
小檔案

十三歲的吳于嫣因為患有軟骨發育不全症，又稱小小人兒，身高只有 101 公分，是班上最嬌小的人。雖然身材比不上同齡的人，但她不僅會跳舞又有運動天賦，還是班上的模範生。

小孩酷斯拉影音頻道
吳于嫣

酷運動要如何開始？

第一個動作：單腳尖著地、腳跟離地、腳跟向內，另一隻腳正好相反，接下來，換另外一邊，再換一邊，雙腳跳動的同時，雙手記得隨意擺動，這幾個動作練熟了，你就已經開始在跳舞了喔！

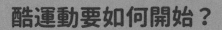

我的NBA熱血籃球夢　秦康傑

籃球「過人」的時候，可以做出很漂亮的得分動作，那時候會很開心！把很難的動作做成功，也會特別開心，我喜歡享受成功的感覺！

四年前，只有九歲的秦康傑圓了人生第一個夢想，和偶像NBA球星Curry一起在籃球場運球，被大家讚美為籃球神童的他，當時身高只到Curry的腰部，運球動作卻毫不含糊，不僅贏得滿堂彩，也讓Curry印象深刻，贈送了一雙簽名球鞋留念。

現在，秦康傑已經是一名十三歲的少年，因為是自學生，平日自己

一個人跟著美國籃球教練的教學影片練球；週末假日就到公園球場，找大人、大學生鬥牛，驗收當週練習成果。起初這些成人球友並沒有注意到年紀小小的秦康傑，但秦康傑花了整整一個小時練習運球，扎實的練習態度，讓大家大開眼界，成了一起打球的契機。

沒有被小看，對秦康傑來說是很大的鼓勵，「雖然我全心投入練習籃球，但去公園很難報隊，因為個子太小了，會被別人認為是拖油瓶。」但他的努力與實力，證明只要給他機會，他就會是球場上的好隊友、好對手。

從幼兒園大班開始的籃球夢

秦康傑開始學習籃球時才讀幼稚園大班，那時有籃球教練執照的爸爸在家中放了一個玩具小籃框，用玩具籃球教他如何投籃和上籃，但他一頭栽入，假日也不想出去玩，情願把時間都用來練球，連寒暑假都飛到其他國家參加集訓，犧牲許多玩樂時間，「週末兩天都打籃球也不會膩，如果要出去玩，以後隨時可以去，但如果我想打ＮＢＡ，現在就要努力練習。」他相信，有些籃球技巧必須趁早熟練，例如他扎扎實實練習的運球技巧，讓他擁有快速運球的手感，不僅能抵禦防守者，也更容易過人。

秦康傑解釋，「很多運球技巧看起來難，但練習上手了，對整體打球的手感很有幫助，手感好的話，不只是運球會穩，投籃也會比較準喔！」現在他已經不滿足於單純的運球練習，會讓教練會用彈力繩拉著他，他必須奮力對抗彈力繩的拉力，同時維持平穩的前後運球，難度更高，但也更有成就感。

其實，秦康傑把籃球當成外星人，「我很好奇它可以做出怎麼樣的動作？有沒有極限？」在他的想像裡，籃球是會說話、也會蹦蹦蹦的外星人，頻頻失誤時，秦康傑毫不客氣的用力砸球，「結果籃球會跟我說，是我自己失誤，關它什麼事！我就會回答『是你很爛，都不會自己滾進籃框！』結果，下一球還是投不進，哈哈哈！」在他想像的一問一答中，練球不順的鬱悶情緒已經被拋到一邊。

現在是八年級生的秦康傑沒有加入學校的籃球隊，因為多數球隊會要求學生晨練，放學後繼續練習，加上課業負擔，容易睡眠不足。但國中階段是成長黃金期，想要成為職業籃球員就要把握長高的機會，才能離夢想中的NBA更近。所以秦康傑選擇自學，每天除了去學校兩、三個小時，就是多睡、多吃、多動，練習籃球、跑步、跳繩、游泳，盡最大努力讓自己長得更高、更壯。

NBA

籃球告訴他，一定要成功

在朋友眼中，秦康傑的每日練球量非常大，也很辛苦，秦康傑有時也會抱怨，爸爸的嚴格訓練實在讓他累到快掛掉了。不過爸爸很了解他的性格，故意安排有點難度的課表，只有一次成功不算什麼，要接連做好幾次動作都不失誤，才是真的學會了，這也是他給兒子的挑戰。

秦康傑不是不懂爸爸的用心，只是有些動作真的太難了，頻頻失誤，做不好、沒有進步，都會讓他感到很挫折，有時候運球運到手指微微裂開，或是因為長時間微蹲運球，腳和手都痠痛到受不了。但再怎麼辛苦他都願意堅持下去，「因為籃球最後總是會給我信心，讓我學到什麼是堅持，籃球告訴我，一定要成功、一定會成功，我相信它，我就能堅持到底。」

在他的心裡，籃球是 99.999999 的快樂，剩下的 0.000001 就是與

爸爸練球時發生的爭執，他不喜歡爸爸以責備的口氣「提醒」他哪裡沒做好，有時候情緒來了，他就安慰自己盡力了最重要。這些事媽媽都看在眼裡，既心疼又擔心，但她不想逼孩子強迫自己，或是改變選擇，「如果最後沒有打到最高殿堂NBA也沒辦法，不管未來他有沒有走在籃球這條路上，這麼努力練球的經驗與態度，對他未來人生一定會有幫助。」媽媽說。

媽媽猜想得沒錯！秦康傑在意的可不只是打籃球的技巧，他參加國際籃球活動時，發現西方國家的孩子擅長表達意見，也因此得到較多的球權；相較之下，他不知道怎麼說明自己的想法，都是靠爸媽幫忙溝通。

這個經驗讓他決定要學習自己不擅長的事，所以參加相聲比賽，增強溝通、表達能力。這個挑戰對最常與籃球對話、每天都在球場上的他來說並不簡單，但秦康傑不退縮，他想看看自己能進步到什麼程度。

「要學相聲讓我有點膽怯，但如果在籃球場上遇到很強的對手，我能轉身逃跑說不打了嗎？不可能嘛！還是要好好面對挑戰，先上場，你就會發現沒有那麼難了！」秦康傑很感謝籃球外星人又再一次幫了他的忙，讓他知道，夢想堅持下去就有機會，跟它一起努力就ＯＫ了！

酷少年
小檔案

十三歲的秦康傑從小展現對籃球的天賦，小小年紀運球卻神乎其技，被譽為籃球神童！為此他幾乎沒有玩樂的時間，連寒暑假都飛往美國集訓，他的夢想非常明確，就是要挑戰籃球最高殿堂── NBA。

小孩酷斯拉影音頻道
秦康傑

酷運動要如何開始？

跟大家分享各種運球方式，我喜歡的有蜘蛛運球，前後同時換手運球、前後同時換手繞圈運球、兩球定位再拍起（跨下和背後運球）、兩球換手雜耍式運球、兩球低繞圈高風車跨下運球、這些運球方式都很有挑戰性，網路上也可以找到教學影片，大家有興趣可以試試看！

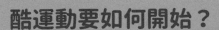

我想成為F1亞洲女性賽車手第一人
野田樹潤

歷史上有參加過F1的女性賽車手只有五位，我是亞洲人、日本人、又是女性，如果能拼盡全力到達那裡，不管哪個方面都會是史無前例，所以我的夢想是成為F1女性世界冠軍！

五歲決定成為賽車手，九歲坐上方程式賽車

來自日本的賽車十四歲少女野田樹潤，希望因為自己東方女性的身分，讓更多人注意到賽車這項迷人運動。其實在年紀更小的時候，野田樹潤就已經決定了自己要成為賽車手。曾經是F1賽車選手的爸爸野田英

樹回憶：「在Juju（爸爸對樹潤的暱稱）五歲的時候，我決定要從賽車場上引退。在引退賽時，Juju來到我身邊，跟我說，接下來她會代替爸爸努力，繼續開賽車。」爸爸並沒有因為Juju年紀小，將這番話視為童言童語，他看到了女兒的決心，決定全心全意支持女兒，成為她的賽車教練。

虎父無犬女，野田樹潤展現了承襲於父親的天分與勤奮的態度，在九歲那年，她成為世界上首位坐上方程式賽車的小學生，也打破了方程式賽車車手年紀最小的紀錄。升上中學後，當其他同學迷上電玩或偶像明星時，她卻是興致勃勃談著賽車：「一般車子最高時速可以到一百八十公里吧？F3賽車可以到兩百六十公里！所以不能開在一般道路上，是只能在賽車場行駛的車子。也因為這樣，賽車的車體結構和一般汽車完全不同，輪胎要使用賽車專用的輪胎，比一般汽車更有抓地力。

而且一般汽車是像盒子一樣的方形，但賽車細細長長，迎風面會比較小，風的阻力也比一般汽車小，所以可以開得更快！」

野田樹潤得意的說，爸爸不僅是出色的賽車手，也是她最依賴的老師，教會她所有關於賽車的事，也讓她享受到賽車最迷人的速度感，是其他運動都無法比擬的樂趣。

在野田賽車學校裡，野田樹潤會和爸爸用賽車模擬器備戰下一場賽事，螢幕上會出現各種比賽賽道，操控方向盤的野田樹潤，必須同時注意模擬的風向、路面狀況、賽車設定，然後掌握車子的平衡感，考慮何時是轉彎的最佳時機，「每一個因素都會影響轉彎的時間點，必須快速又認真的思考。」此時，和藹的爸爸會「切換」成教練模式，嚴格的指導她：「你剛剛太謹慎了！」要求她儘量縮短時間，畢竟在賽車場上，零點幾秒的瞬間就能決勝負。

雖然指導女兒時的態度嚴厲，但野田先生知道這是幫助女兒跨越難關的方式，「我在許多訓練課程設下很高的要求，Juju 都一一努力跨越了，那份堅持到底的努力，還有那樣用功不懈的身影，也給了我很大的勇氣。」除了爸爸投注全力幫助野田樹潤圓夢，曾經是芭蕾舞者的媽媽，也為女兒規劃了體能訓練的計畫，鍛鍊核心肌群，因為開賽車時，賽車手的身體承受G力（高速賽車中承受的強大重力），必須靠自己的身體回正，若是忽略核心肌群的鍛鍊，身體就會無法出力，很難保持穩定。

平凡的學生與夢幻賽車手

不過離開了賽車學校和體能訓練教室，野田樹潤就是一般的國中少女，也會邀請鄰居的孩子、好朋友到家裡來玩，書桌上擺滿了可愛的擺飾品，「在賽車場上，我就只想著賽車的事；但在家裡，我不聊賽車，也不去想那些。」不只是她，爸媽回到家後，也馬上卸下教練、老師的身分，溫柔又和藹的和孩子們相處，讓女兒享受除了賽車以外的生活樂趣，對他們來說是很重要的事。

在家裡的野田樹潤喜歡下廚，最愛煎半熟軟嫩的玉子燒給家人吃；也喜歡與狗狗 Tiro 醬玩，愛動物的她每次抱著 Tiro 醬時，都覺得身心被療癒了。就連朋友都感受到，穿著賽車服的野田樹潤非常帥氣，但脫下賽車服後，反而是有點散漫悠哉的模樣，感覺就像是不同的兩個人呢！

野田樹潤一直努力在一般學生生活與賽車訓練中找尋平衡，「但我知道，如果只靠一半的力氣來練習，一定不會成為傑出的賽車手，所以其實我悄悄花了比較多的力氣在練習上。」

在參加岡山挑戰盃時，她和爸爸花了許多時間針對比賽的每個環節進行確認，例如輪胎和車子的設定，反覆觀看行車記錄器數據，討論油門放開的時機，經驗豐富的爸爸發現，當她油門踩到底時會突然放開，野田樹潤坦白的說：「因為車子後輪很滑，感覺快要滑出賽道了，才會忍不住放開油門。」但若要縮減秒速，油門必須一直踩著才行，「我很感謝爸爸點出這些自己不會注意到的細節，可是開車時爸爸不在車上，所以我必須趕快學習，記住開車的感覺、迅速判斷，才不會損失寶貴的時間。」

比賽最後，野田樹潤順利拿下冠軍，雖然成績不如自己預想，但她並不失望，因為她盡了最大的努力，「我想這就是目前能達到最好的成績了，感覺滿好的！」

野田樹潤出色的賽車技術來自爸爸，樂觀的態度與能鼓舞人心的笑容則是來自媽媽。媽媽提醒她，無論發生什麼事都要保持笑容，如果愁眉苦臉只會讓心情更糟，也會讓身邊的人覺得自己很辛苦，往後這個人就會戴著這樣的鏡片看她；相反的，只要保持笑容，不只是心情會變好，對身體也有好處。

野田樹潤把媽媽的忠告謹記在心，把每一次的比賽都看成自我挑戰，設下自己想達到的最佳紀錄，而非與他人競爭，即使失敗也不輕言放棄，「如果因為失敗就放棄，那麼比賽也好，賽車的夢想也好，我所努力的一切都會瞬間結束。只要持續努力，一定會有對將來的自己有助益的事情發生，我是這麼相信著！」

酷少年
小檔案

今年十四歲來自日本的賽車手野田樹潤，是世界上首位坐上方程式賽車的小學生。歷史上參加過 F1 的女性賽車手只有五位，至今還沒有一位獲得優勝，而且不論男女，F1 也還沒有出現過優勝的亞洲人。「成為第一位亞洲 F1 優勝的女選手」，這個史無前例的紀錄，就是野田樹潤的目標。

小孩酷斯拉影音頻道
野田樹潤▶

酷運動要如何開始？

和大家分享開賽車轉彎的技巧，我在用賽車模擬器備戰時，遇到轉彎，在第一個彎會把煞車踩到最底，過彎速度會很快，速度拉上來以後，遇到第二個彎就不太需要踩煞車，這時候讓速度趁勢增快是重點。大家可能沒機會開賽車，但玩賽車遊戲時可以試試看喔！

THE NATION
RÉPUBLIQUE
Artistique.

Part.2

酷藝術

我與魔術之奇幻耳語　張道順

有些身體狀況特殊的學生，在學校可能不容易交到朋友，幸好我會變魔術，同學如果要我教他們，我會說這是魔術師的祕密；有時技巧不好被同學拆穿，大家還是覺得很有趣。

我是張道順，你有專心看著我嗎？仔細看喔！當我從口袋裡拿出一個五元，握在左手，搓一搓，咦？不見了！其實五元已經跑到我的左胸口袋啦，再拿出來搖一搖，看我把五元變出一支魔術棒，再把魔術棒插進花盆裡，準備好了嗎？盆子長出一朵花啦！

這個「魔棒變花」的魔術，是我三歲學的第一個魔術！你看得一頭霧水，其實技巧很簡單，魔術棒裡原本就藏著一朵花，底部黏著小磁鐵，當我把魔術棒插進有鐵片的花盆裡，魔術棒裡的花被吸住，抽出魔術棒的同時，就像花盆裡開出了一朵花，是不是很巧妙呢？

我從三歲就開始學習魔術，因為我的爸爸也是一位魔術師，每次看到他表演變魔術，就讓我覺得好神奇、好有趣，好想像他一樣厲害！現在，我已經是穿著帥氣表演服在舞臺上為大家帶來驚喜與笑聲的小小魔術師了，我在二〇一八年五月、二〇一九年一月，參加過兩次世界兒童魔術比賽，都獲得了冠軍呢！

魔術有很多種，我最喜歡隨手就可以變的魔術，好玩又輕鬆，手法也很自由。不過要成為好的魔術師，就要持續學習，例如我和爸爸會去找家裡沒有的魔術道具，看到不會的魔術也會想辦法學會。我的偶像是世界魔術大賽冠軍吳何老師，他的魔術讓我體會到，沒有一天可以練成

的魔術，要每天不斷磨練自己，才會讓自己更進步，這也是我最大的弱點。所以爸爸帶著我去參加魔術研習會，內容很豐富，但我真希望講師可以說話慢一點，因為我在四歲時被發現是中重度聽障兒。

魔術，讓我穿越了聽障的圍牆

我是一名早產兒，一出生就住保溫箱，好不容易可以回家了，結果又發現黃疸、蠶豆症，到了該學說話的年紀也說不清楚，後來做聽力檢測，才發現我是「先天性中重度的聽障兒」。

MAGIC!
MAGIC!

其實多數的聽障兒童都會戴助聽器，但我沒有，因為我擔心自己會依賴助聽器，導致耳朵會退化。可是我兩耳平均聽不到五十六分貝以下的聲音，只要說話小聲一點、或者脣形不明顯，就很難清楚辨識，我也因此有不少煩惱，別人聽老師講一、兩次就能懂，我要聽十次，但我不喜歡主動告訴別人我是聽障，因為我不想事事要人幫忙，一些不了解的同學，甚至會笑我。幸好，班上還是有些同學特別熱心，會主動告訴我現在要做什麼，老師知道我的狀況，也會慢慢講給我聽。

有些身體狀況特殊的學生，在學校可能不容易交到朋友，幸好我會變魔術，同學如果要我教他們，我會說這是魔術師的祕密，不能告訴別人；有時技巧不好被同學拆穿，大家還是覺得很有趣。

為了把歡笑帶給大家，要先辛苦的練習

我喜歡變魔術，因為能把歡樂開心帶給大家。只是對魔術師來說，魔術不是只有開心的部分，因為操作的手法、技巧、動作不僅要純熟美妙，還要隨著音樂節奏搭配上笑容，可是我的聽力讓我聽不清楚音樂，很難像其他魔術師輕易的搭配音樂節拍做動作，有時怎麼排練都練不好。又因為我沒帶助聽器，爸爸偶爾會忘記我的狀況，以為我故意不做好生氣罵我，尤其有些魔術很難，必須用到火，爸爸一緊張就變得格外嚴厲，但是我是初學者耶，我被罵也會很生氣，聽到爸爸說我動作不順，我就頂嘴說：「我叫道順啦！」

我十歲時，曾經一度很想放棄魔術，因為排練魔術也有風險，例如我曾被彈棒打到眼角，流了很多血，也曾被鴿子的利爪抓破皮。而且排練魔術實在太累了，遇到國際比賽，可能每天要練習五、六個小時。我也很想像其他小孩一樣，假日出去玩，但又想到，自己努力了七年，已經有小小的成果了，現在放棄，過去幾年的努力就白費了。所以我只能安慰自己，爸爸是為了讓我更進步，才會想要嚴師出高徒，練習再苦再累，我也不能放棄，只能怪魔術太難了，看來魔術在我的生命裡，就是朋友兼敵人的複雜角色吧！

很多人看到我在舞臺上大方表演魔術，覺得我很厲害又臺風穩健，其實我小時候很害羞，不敢表達自己的想法，也不敢告訴別人他們說的話我聽不到，有些大人會對我發脾氣，罵我：「不要裝作沒聽到，其實是不想做吧！」或是因為我不說話就故意不理我，每次被人誤會，我心裡都很難過。

魔術給我自信，找回愉快單純的自己

但學習魔術的這幾年，我逐漸有了自信，也讓我改變看待自己的方式。我還和爸爸一起設計了一套魔術，讓自己更勇敢，代替自己說話喔！在這個魔術中我準備了三盆沙子、三盆水，先把沙子依序放入水盆裡，再慢慢把水和沙分離。

我想表達的是，每個人來到這個世界上，都帶著一顆天真又單純的心，就像一盆水一樣清澈透明，但聽力障礙為我帶來好多考驗，心裡有被嘲笑的聲音，也有因為聽力不好、導致學習能力差的自卑感。以前，我不知道怎麼化解內心悲傷的情緒，一直堆在心中，累積到最後就會大爆炸！

現在，十三歲的我，正在學習把堆積在心裡的情緒慢慢釋放出來，不讓別人的話影響自己，我也會努力卸下自卑感，告訴自己更有信心。

雖然我學習得慢，但為了完成想做的事，願意付出加倍努力；即使被任何人誤會了，心裡感覺不舒服，也要好好表達，讓對方知道。只要能做到這些，現在的我一定會比以前的我更好，我的心最終會回到最初單純美好、清澈透明的模樣。

酷少年
小檔案

十三歲的張道順是世界兒童魔術大賽冠軍，從外表很難看出他其實是名中重度聽障兒。身體上的限制，讓道順一度感到自卑，從事魔術工作的爸爸帶領他學習魔術，讓他慢慢從掌聲中建立了自信。

小孩酷斯拉影音頻道
張道順▶

酷藝術要如何開始？

魔術有很多種，有隨手就可以變的魔術，也有要使用複雜道具的魔術，想要練習魔術，可以去找自己能上手的道具慢慢練習，搭配好聽的音樂、優美的動作，就能讓大家忽略一些可能會被看到的破綻，常常練習，熟能生巧，就是練習魔術最大的祕訣。

我想成為福音歌手　余皓婷

把自己的感情寫成歌，變成我表達心情的方式，我覺得寫歌就像尋寶一樣美，找到一個合適的和弦，就像尋寶過程得到其中一個線索，讓人興奮又雀躍！

余皓婷是個愛唱歌的女孩，她有著可以媲美天籟的嗓音，像她這樣的少女，總是想像有一天能成為歌手，打扮得光鮮亮麗，站在舞臺上唱歌給大家聽。

但余皓婷有點不一樣，不分一年四季，天氣冷熱，她永遠穿著長袖上衣。就連上學，也在短袖校服裡加了袖套，像其他女孩展露青春肢體的美好線條，並不在她的選擇中，隱藏自己真正的模樣，是不得不的現實考量。

一場燙傷意外，讓她穿上一層脫不下的保護殼

因為余皓婷快三歲時，不慎於一場活動中被打翻的湯鍋燙傷，造成全身百分之六十五的二至三度灼傷，當時小小的身體有超過三分之二的皮膚受傷，成長過程中，她歷經手術清創、植皮，還要承受皮膚搔癢及無法排汗等辛苦歷程，但燒燙傷的痕跡不會隨著年紀增長消失，皮膚也失去彈性，骨骼、皮膚及關節的拉扯，讓她的身高總比同學嬌小，必須靠植皮才能有繼續成長的空間。

「我從小對燙傷這件事有微微的自卑感，身上有些疤不想露出來，所以不管冬天夏天，我都是穿著長袖衣服，或是穿外套、加袖套，擔心別人看到我身上的疤痕會討厭我，覺得我很噁心。」余皓婷無奈的說，這是她小學時的負面體驗。

媽媽卓曉玲看了心疼，希望至少她在教室時，能脫掉袖套，讓身體舒服點，但余皓婷不願意，「對我來說，把身體蓋起來可以帶來一種安全感，就像出門要記得帶錢包一樣。」

唱歌讓她忘記傷疤、找到自信

只有唱歌能讓她忘了自己的傷。余皓婷是布農族及排灣族混血，擁有天生好歌喉的她最愛唱歌，每當身體不適時就會彈琴、歌唱轉移注意力。她平常總是全身包緊緊，有次和學校合唱團一起到嘉義參加比賽，更換衣服時，她感覺到一股奇異的涼意，才發現自己一直穿著短袖，原來，音樂能讓她卸下一切束縛。

唱歌，就是這麼神奇的事！余皓婷愛唱歌，除了學校合唱團，她還參加了灰階大樂團，「每次去練團時，我都很緊張，因為老師很專業。」不過她內心也非常雀躍，因為身為主唱的她，是成員裡唯一的學生，「其他樂手都是很資深的老師，只有我沒有受過任何訓練，所以我會努力加油，不扯大家後腿。」余皓婷露出驕傲又害羞的神情。

她也不滿足於只是唱歌，「我希望能成為一位創作歌手，又能寫詞又能作曲，唱自己寫出來的歌，是我最大的目標。」余皓婷從小愛寫日記，本來就有塗塗寫寫的習慣，不知不覺中把日記和音樂結合在一起，會彈吉他的哥哥是她的伴奏夥伴，兩個人一起創作，一起練習。

唱自己寫的歌，是美夢成真的那一天

余皓婷的夢想，在二〇一九年光華國中的感恩音樂會上實現，在合唱團同學眼中余皓婷等同於「很會唱歌的存在」，想到她就想到美妙的歌聲，沒想到余皓婷也有在創作歌曲，他們決定一起以無伴奏三部合唱的方式演唱余皓婷創作的《我曾那樣追尋過》，因為他們比誰都清楚歌詞就是她的生命故事。

《我曾那樣追尋過》寫著：「看著蔚藍的天空，看著綠油的草地，聽著鳥兒高聲唱……，我相信有一天，我能堅持著不斷向前，哪怕有許多流言蜚語，哪怕到最後我變成身上一無所有，至少我勇敢愛過。」余皓婷說，無論有多少流言蜚語，她都希望自己不要太在意他人眼光，懷抱勇氣朝著自己的目標持續前進。

在音樂會尾聲，余皓婷走到舞臺前獨唱最後一段歌詞，因為情緒激動忍不住紅了眼眶，「沒想到我的名字可以出現在海報上的詞曲創作人裡，實在太不可思議了！我能站舞臺上唱自己寫的歌，就像做夢一樣，

是大家給了我這樣的自信和勇氣！」她感動的說，未來寫歌無論遇到什麼瓶頸或困難，只要回想起這段回憶，就能一直繼續下去。

成為福音歌手，創作詩歌帶給大家力量

余皓婷明白，當歌手沒有想像中容易，有好事也有壞事，也許會遇到認為她不適合的人，也許有人不喜歡她的音樂，就像是她身上的傷疤一樣，為她招來閒言閒語。但因為對音樂的熱情與夢想，她想要寫更多能鼓舞人心的歌曲；也因為虔誠的宗教信仰，她希望自己未來可以成為一位福音歌手，創作詩歌帶給大家力量，就像她自己，在音樂的激勵下克服難關，努力適應他人的眼光。

「這麼多年來，我一直想在大家面前穿著短袖的衣服，卻始終缺乏勇氣，也錯失了很多機會。可是有一天，我一定要跨出那一步，不能讓

自己一直停留在過去的傷痛。」如果到了那一天，余皓婷希望大家可以把她當成一個普通人，不要因為她的傷疤對她特別好，也不要對她另眼相看，對她有任何不了解或疑問，都可以開口詢問，「關於我的傷疤，我會準備好樂意分享的心情。」

她學習將傷疤視為自己特別的印記，不用怕被嘲笑，不用擔心被誤解，雖然讓她疼痛、讓她成長受限，但不會限制她的心四處飛揚，更不會阻礙她往成為歌手的方向前進。

酷少年
小檔案

十四歲的余皓婷熱愛唱歌，目前是一個樂團的主唱。因為小時候嚴重的燒燙傷，她總是穿著長袖或戴著袖套，唱歌是她療癒自我和他人的方式，正努力朝向成為一位能寫能唱的創作歌手邁進。

小孩酷斯拉影音頻道
余皓婷

酷藝術要如何開始？

大家是否有高音上不去的困擾？我來教大家怎麼唱，第一，要找個地方出力，可以試試看握拳頭或是抬腳，我自己習慣皺眉頭，讓高音可以順利唱上去，第二是用氣音，也可以唱出高音的效果喔！

跟我的音樂一起動次動

DJ RENA（林玲那）

嘻哈的特色就是旋律超美，聽的時候可以很放鬆，讓身體跟著「動次、動次」。當看著臺下觀眾因為我的創作樂在其中，除了享受音樂本身，也讓我認識 DJ 這份職業的意義。

「有一次我參加日本 DJ 大賽輸了，別人跟我說，你才十幾歲，來日方長，等你二十幾歲也能得世界冠軍。我心裡很不是滋味，隔年我拿到 DMC（Disco Mix Club）世界 DJ 冠軍，再也沒有人把我當小孩看！」DJ RENA 一邊說起幾年前的故事，一邊笑到眼睛瞇成細細的彎月，那是二〇一七年，十二歲的他剛成為史上最年輕的 DJ 世界冠軍。

當其他幼兒還在聽旋律可愛簡單的趣味兒歌時，三歲的RENA已經開始聽嘻哈音樂，九歲時他從爸爸那裡得到一臺混音器，開始學習當一名DJ需具備的快手刮碟技巧、混音器的使用。由於RENA天生對節奏有超高敏銳度，以及源源不絕的創作能力，被經紀人DJ S2很快發現他的天分，他認為RENA有強烈的求知欲，又能學習其他DJ的長處，吸收後轉化為自己的新技巧。

請和我一起動次、動次

雖然因為未成年不能到夜店演出，但他可以參加敦賀音樂祭，這個音樂祭除了聚集當地厲害的表演者，也邀請全國知名音樂人，RENA正努力成為獨當一面的DJ，對他來說，是磨練技巧和演出能力的好機會。他為觀眾帶來在DMC大賽拿下冠軍的音樂創作，歡愉的氣氛鼓動全場！

「當我站在舞臺上，以 DJ 身分面對觀眾時，我就會很嗨！好像有雙重人格一樣，有些觀眾不知道該怎麼一起『動次、動次』，沒關係，他們看著我超級投入的擺動模樣，就會知道怎麼『動次、動次』！」RENA 渴望讓臺下觀眾都能樂在其中，除了玩樂，也能認識 DJ 這份職業的意義。

放學後的休閒是創作音樂

不過，平常的日子，RENA 和其他中學生沒有兩樣，每天早上穿上筆挺制服，花上一小時的通勤時間來往學校、家裡，就讀大阪學藝高等學校附屬中學校的他，擅長科目是英文，喜歡和朋友聊天，當朋友問他音樂、樂器的事時，RENA 也會親切的和大家分享，「當我在學校時，希望能以普通中學生的身分和大家相處。」

放學後回到家，RENA 就立刻鑽進自己的房間，忙著創作音樂，「日本有一個成語叫做『起承轉合』，我喜歡從前奏開始逐漸炒熱氣氛，然後引出像 bang 一樣的高潮。」他從老歌裡尋找創作素材，使用兩張唱片去組合出新的節奏，並結合刮碟技巧，加上自己獨特的手感、對節奏的敏銳度，以及對混音器、唱盤的掌握，創造更高的娛樂性，努力讓觀眾不要聽膩，這就是他的創作原則。

每天晚上，RENA 用視訊方式與紐西蘭的 DJ K-SWIZZ 聯絡，兩人透過社群網站認識，不知不覺成為閒話家常、一起練習的好友。也是青少年的 K-SWIZZ 是二〇一七年 IDA 世界 DJ 大賽冠軍，他們經常交流技巧、學到的新招式，互相切磋。

家人用不同的方式支持我的 DJ 路

能順著自己的心意，愉快的自由創作是 RENA 最開心的事，唯一苦惱的，就是每天使用的混音器被「操練」過度，發生故障或是音質變差等問題。幸好 RENA 的爸爸以前也當過 DJ，當年他送給 RENA 的混音器就是自己年輕時使用過的，雖然現在他成為一名上班族，但是對於修理混音器還是很熟練的，看著喜歡音樂的兒子，他也會回想起自己在同樣年紀時熱愛音樂的模樣，「雖然我現在只能幫忙保養器材，但因此和兒子有不少關於音樂的話題呢！」哥哥林烈央平常雖然會抱怨 RENA 的音樂太吵，但還是拿著攝影器材，幫忙拍攝、剪輯 RENA 要上傳到社群網站的影片。

和爸爸與哥哥作為應援、支持的角色不同，媽媽林知里負責監督的

DECKER
BROTHERS'
PIANOS
FURNITURE
New York
EXPERIENCE OF OVER 30 YEARS
RICH AND WELL CONSTRUCTED
FURNITURE
THE LARGEST STOCK TO SELECT
FROM.
Columbia Record
New Process—No scratching sound from the need
Columbia
THE NATION
GEOGRAPHIC SOCIETY
RÉPUBLIQUE
Artistique.
ROYAL
DECKER
BROTHERS'
BLUE
CHEER
WATERS
ROYAL
produce a marvelous
which is unappr

角色，她知道 RENA 一有想做的事就會非常專注，如果只專注在 DJ，課業學習就會變得草率，所以媽媽要求他，三年內要拿出成果，同時要達到其他條件。雖然困難，但 RENA 利用搭電車時的空檔讀書，也順利得到世界冠軍。

參加比賽是向自己的演出挑戰

接下來，RENA 預備挑戰的是二〇一八年的 DMC 世界大賽。DMC 是全世界歷史最悠久也最具權威性的 DJ 刮碟比賽，前一年，RENA 從日本區域賽開始一路過關斬將，最後以日本代表的身分，贏過來自全球三十多個國家的參賽者，奪下世界冠軍。這一次，他是以上一屆冠軍的身分參賽，壓力不小，不過 RENA 認為這是正向的壓力，只要贏得比賽，他就能讓大家知道：「I'm still NO.1!」

比賽結果RENA沒有衛冕成功，只拿到了第三名，「我有一點失誤，心情有點慌張，不過我還是好好堅持到表演結束。」第一次沒有在比賽中奪冠，他心裡有點不甘心，但轉念一想，自己能夠一直接受挑戰，實在太好了，而且音樂比賽不像運動項目，掉球就會失分、速度比較慢就輸了，而是有專業的評審依據每個人的表現仔細評斷分析，讓他心服口服。

「世界大賽讓我遇到來自各地的人，還可以跟這些人一起戰鬥。我喜歡戰鬥，所以每年來參加比賽，是我很期待的一件大事。與輸贏無關，而是挑戰我自己的表演完成度有多高？我是不是滿意自己的表現？這才是最重要的。」RENA坦然的面對比賽帶來的挫折與成長。

這位史上最年輕的 DJ 世界冠軍，一點也沒辜負自己的努力與勤奮，在結束比賽的兩個月後，他和好友 K-SWIZZ 合作，得到波蘭 IDA 世界 DJ 大賽團體賽冠軍，他們可是賽史上最年輕的 DJ 冠軍組合！

酷少年
小檔案

十五歲的 DJ RENA，住在日本奈良縣，三歲時因為學街舞而迷上嘻哈音樂，九歲開始在當過 DJ 的爸爸帶領之下開始學習 DJ 技巧，憑著音樂天賦快速嶄露頭角，2017 年便贏得 DJ 界最高榮譽的 DMC 世界 DJ 大賽冠軍，也創下該項比賽歷史上最年輕的冠軍紀錄。

小孩酷斯拉影音頻道
DJ RENA

酷藝術要如何開始？

我要教大家混音器的使用方式，首先你要準備兩張唱片，混音器兩側要各有一個轉盤，中間那臺一堆按鈕的機器就叫做混音器。上面有很多按鈕和撥桿，只要撥動儀器，就可以讓單一側的唱片發出樂聲，如果撥動另一側，就會聽到另一邊的唱片的音樂聲。兩邊同時撥動，兩張唱片會同時播放，利用混音器，可以不斷改變聲音大小，或是將兩種音樂銜接在一起，這就是混音喔！

我與打擊樂之勇氣成長

顏辰祐

我記得自己第一次在街頭表演時，我的非洲鼓老師先選了一首簡單的曲子，他把高高的非洲鼓直立在地，讓我負責打擊，當時我的頭垂得好低，心裡很害怕，前方好像有三千隻恐怖妖怪盯著我。

大家好，我是顏辰祐，你可以叫我 yoyo ！我今年國小五年級，和我當一名小學生資歷差不多久的，就是我的打鼓人生。

我從大班下學期開始打鼓，那時我在街上看到一個人表演打鼓，聲音好好聽，讓我燃起了學鼓的念頭，幸運的是，那個表演者願意成為我第一個老師，從那時開始，鼓就成了陪伴我長大的好夥伴，我還曾經拿到全國熱門音樂比賽國小一到三年級組季軍喔！

大家都說學音樂的小孩不會變壞，我身邊的同學也有人學鋼琴、弦樂，但我偏偏喜歡打擊樂。因為打鼓帶給我一種很舒服的感覺，鼓面被撞擊的瞬間，那個聲音和手感都讓人很興奮，很療癒。

讓我又愛又恨的打擊樂

有時在電視上看到音樂表演，我手邊不管正在做什麼事，都會立刻空出雙手，情不自禁跟著音樂節拍，模擬打鼓演奏的動作，還會搖頭晃腦跟著哼哼唱唱，看到我的模樣，你一定也會和我一樣享受音樂。其實我從很小的時候就喜歡到處亂敲打，還曾經把媽媽煮飯的鍋子當鼓，拿筷子當鼓棒，筷子都被我敲斷了呢！不僅如此，我還發現家裡的木板隔間，因為厚薄不同，敲起來聲音也不同，如果同時敲打兩塊木牆，腳下拖鞋再同時拍打地板，我就可以開始演奏啦！

不過，我也不是一直都喜歡打鼓，有時候我也很討厭它，因為要打得好，就得花時間一直練、一直練，還有那個節拍器，它的頻率和發出的聲音讓人聽了就煩躁起來，好想推開這些樂器、大喊我不玩了！可是啊，打擊樂就是給人一種「會那個東西很厲害」的感覺，然後我又學了四、五年，才總算打得有一點模樣，怎麼能狠下心放棄？對我來說，打鼓就像是征服一道看不到盡頭的天梯，每次的苦練，只是多往上踩一格階梯而已，雖然苦，但心裡很開心。

當街頭藝人不容易　好像在妖怪面前表演

別看我現在擁有彰化縣街頭藝人的個人許可證，在街頭演奏彷彿是件很享受的事。但一開始並不是這樣，我嘗試在街頭演出已經快三年了，演出時會有一群陌生人圍繞著我，我不能因此緊張或怯場，要克服這一點需要很大的勇氣，因為會打鼓是一回事，要在街頭表演給陌生人看，又是另外一回事。

我記得自己第一次在街頭表演時，我的非洲鼓老師先選了一首簡單的曲子，他把高高的非洲鼓直立在地，讓我負責打擊，當時我的頭垂得好低，心裡很害怕，前方好像有三千隻恐怖妖怪盯著我看，直到表演結束，我才鬆一口氣，發現那三千隻妖怪沒有想像中那麼可怕，他們也只是站在那裡看著我。之後又試了幾次，我越來越習慣觀眾的存在。

「大家好！我是yoyo，今年十歲，喜歡我的朋友請幫我在臉書按讚和追蹤！」現在，我已經能大方在表演時跟大家打招呼了，這串臺詞我說得很溜！我認為在街頭演出，除了磨練膽量、鼓技，最重要的就是和觀眾互動，如果當天和觀眾有成功對話或是交流，就會讓我特別開心。

有時，我也會把影片放到臉書上，去看看不在現場欣賞表演的人，會怎麼看我的演出？評價有好有壞，有陌生網友批評太無聊，但我最不喜歡的留言是「小孩賺錢很辛苦」，我當街頭藝人才不是為了賺錢！

媽媽也說，到處去表演絕對不符合成本，我們要自備樂器、要交通移動，但她願意帶著我去做這些事，是希望我能有個展現自我、成長的舞臺。以前我是講話會結巴，一直「那個……那個……」的人，現在我卻能放鬆心情跟陌生人談話，遇到人就大聲打招呼，我們只是想要留下一個開心的童年回憶，各位網友，拜託不要想太多好嗎？

你看過我打鼓嗎？

讓我比較難受的是，學校有些同學講話很酸，會故意說：「你會打鼓很厲害是不是？」或是在我吹笛子時，故意說：「給你鼓，讓你打，

好不好？」甚至是故意問其他同學：「想不想看顏辰祐打鼓？」我都會冷冷回答：「我不想。」其實這些話讓我聽了心裡很不舒服，但老師只說：「你不要管他們，不要理他們就好。」

但是哪有這麼容易，我一點都不想在學校出風頭，我希望同學是真的看過我的表演，再來問我打鼓的事，而不是你聽他說、他聽你說，這種一傳十、十傳百的狀況，跟散播謠言有什麼不同啊？那些根本沒看過卻繪聲繪影說我打鼓很厲害的人，唉，請你們真的看過再說吧！

兩年前，我覺得自己在打擊樂上遇到了一個瓶頸，甚至產生了放棄的念頭。因為我打鼓一直都是固定的表演模式，在街頭演出的互動方式也差異不大，時間久了，就會覺得有點煩、變化性不高。但心裡又有另一股聲音告訴我，要做一件事就要做到底啊，不然一開始不要做不就更輕鬆？我一方面思考這些事，一方面想著自己付出的心力、那些努力訓練的時間，後來決定接下來的街頭演出在選歌時，挑選一些媽媽口中「大家聽不懂的歌」，我想就試試看嘛！大家開心就好！

一直以來，打擊樂教我的就是對自己有信心，還有「試試看」，就算沒有人欣賞也沒關係，就去試試看啊！

打鼓不只是敲敲打打而已

媽媽知道我一直想嘗試跟樂團合作，問我，要加入馬老師的樂團嗎？我對自己滿有信心，但還是有點害怕、不確定是否能做到，果然，一開始我因為緊張，沒有數好拍子、動作也太快了。教練說，因為我過去都是自己演奏，沒有搭配其他樂手的經驗，才會表現不合格，他提醒我：「如果你是一個人在街頭表演，打錯了不會被發現；但當你在舞臺上與樂團演出時，一打錯，全部的人都會知道。」

媽媽問我，加入馬老師的樂團會不會很緊張？當然緊張啊！但為了突破自己的困境，也只能加油了。後來馬老師樂團要參加搖滾臺中跨年音樂祭，我也是表演者之一，我特地為了這一天準備了全黑的鼓棒。演出時，我小心翼翼跟著吉他的聲音，雖然還是有小小失誤，但第一次跟著大家公開演出的感覺真的很棒，樂手間會彼此感染情緒、傳達能量！

現在，我不會再說「打鼓表演就是那樣子而已」，因為我知道，打擊樂的變化還可以有很多種，我第一次突破了自己，未來也會有下一次、下下一次。我不會忘記那天首次在舞臺上被眾人歡呼的感覺，那種耳膜都會震動的歡呼聲，那麼大聲、那麼讓人感動！

酷少年
小檔案

十歲的顏辰祐會爵士鼓、非洲鼓和中國鼓，是個小小街頭藝人，曾獲全國熱音賽低年級組季軍。兩年多來的街頭經驗，讓他從害怕觀眾的目光到漸漸享受，也更有勇氣面對其他挑戰。

小孩酷斯拉影音頻道
顏辰祐▶

酷藝術要如何開始？

我教你們非洲鼓的基本打法，手掌就是鼓棒，低音的手勢就是手掌微開拍桌子，輕鬆打下去；高音則是把手掌折成 L 型，像拍大腿一樣打下去；輕音呢，就是用手指輕輕碰觸鼓面。只要會三個動作，就可以無限延伸，演出各種樂曲喔！

Part.3 酷專長

我與疊杯之奇妙的哭哭 張瑜庭

幾個塑膠杯可以用來做什麼？裝水、喝茶、回收垃圾？對今年十一歲的張瑜庭來說，是她挑戰自我、結交朋友、為臺灣爭光的好幫手！

在臺灣，疊杯活動看似不如棋藝、球技、音樂賽事等活動廣為人知，但在競技疊杯賽風靡全球的同時，臺灣也有一群愛好者熱烈支持，且年紀小小就積極投入，張瑜庭就是其一，六歲開始學習疊杯的她，隨著教練一聲「Ready, set do!」小小的雙手迅速來回疊杯、收杯，練的是自己的速度與專注力，要快、要穩、要準，才有機會縮短每一次疊杯的秒速。

我也要成為疊杯國手

其實一開始是張瑜庭的媽媽，知道同事的女兒在玩疊杯，好奇這是什麼運動，便讓當時已經小學二年級的兒子嘗試，當時只有四歲的張瑜庭，被媽媽帶著到處跑，看著哥哥練習比賽，甚至代表國家參賽，贏得一面又一面閃亮亮的獎牌，她問媽媽：「為什麼他們可以那麼厲害？表現那麼好？我以後一定也要成為疊杯國手！」

好不容易等到六歲，雙手肌肉發展得更靈活，她也加入疊杯的世界，雖然當時年紀小，但她對自己的要求卻很高，只要有空閒時間就會投入練習，一直給自己設定更短的速度目標，終於如願取得國手資格出國比賽，參加馬來西亞舉辦的競技疊杯亞錦賽，獲得一金兩銀的好成績。首次獲獎，讓張瑜庭對疊杯不再只是想參加比賽的欲望，而是真正開始對這項運動充滿熱情與喜愛。

她一路挑戰賽事，拿下許多金牌，也打破了世界紀錄，九歲時張瑜庭已經是七到八歲疊杯世界紀錄保持人，也擁有九歲到十歲組疊杯 cycle 項目的世界紀錄。張瑜庭很高興，不僅是因為自己破了世界紀錄，還因為她讓其他國家選手認識了臺灣。

張瑜庭最喜歡的疊杯玩法是「花式循環」，讓人看得眼花撩亂、摸不著頭緒，不知道怎麼搞的杯子就疊好了！還有「3-6-3」，把三個杯子、六個杯子、三個杯子分開疊起、快速收起，「疊杯對我來說是玩具，但不是那種隨便可以弄壞的玩具喔！」

一天不疊杯，全身不舒服

除了好玩，張瑜庭也把疊杯視為一種運動，「在學校上課悶了一整天，回家玩疊杯可以讓我活動一下。」疊杯看似只是用手把幾個杯子移來移去，其實要全神貫注、精神緊繃，用到細緻的手部肌肉，肩膀要鬆但手臂要快速移動、精準出力，玩沒多久就會出一身汗！習慣了這項「休閒兼運動」，張瑜庭現在一天沒辦法疊杯，就會覺得有點怪怪的、全身癢癢的呢！

雖然張瑜庭說得一派輕鬆，還因為有著秀氣的臉龐、每次比賽時都將一頭長髮扎成馬尾，得到「臺灣疊杯小甜心」的可愛封號，但這個美譽和讓眾人佩服的輝煌戰績，背後是辛苦的練習。一般孩子回家後在客廳遊戲或看電視，但對張瑜庭來說，家裡的客廳就是她的練習場，當家人放鬆休息時，她卻是守著客廳桌面，每天練習一到三小時。

「我喜歡疊很快的感覺，喜歡期待自己破紀錄，但疊杯玩家都很厲害，想要每次都贏並不容易。」張瑜庭說，雖然一直練習非常無聊，也很辛苦，但為了破自己的紀錄，只能一直重複練習，因為疊杯挑戰的不是別人，是自己的速度與技巧，只要慢 0.001 秒，就可能會輸；但也不能為了縮短秒速，動作太急太粗糙，力道稍有閃失，杯子又會傾倒掉落。張瑜庭常常提醒自己，疊杯的瞬間千萬不能太重、太用力，手不要提太高，多一個無謂的動作，都只是浪費時間！

靠疊杯與家人朋友傳遞情感

疊杯也讓張瑜庭交到朋友、多了和家人互動的機會。她和疊杯的朋友會各自在家「視訊計時疊杯」，互相切磋。「我的朋友很厲害，她也是世界冠軍，常常會給我很棒的建議。」例如肩膀不要抬起來這個小毛病，是張瑜庭自己練習時很難發現的，但朋友透過視訊螢幕看到了，趕快提醒她，還告訴她，比賽輸了也不要太難過，讓她感受到朋友真心的溫暖情意。

有時候，她也會和媽媽練習親子疊杯，年紀比較小的時候，張瑜庭比較「有耐性」，可以配合媽媽速度慢慢來，但現在要張瑜庭慢一點，實在有點困難；不過當張瑜庭邀請阿嬤一起玩的時候，會格外有耐性慢慢解說，讓阿嬤藉著疊杯可以活動活動，阿嬤有時會覺得自己「憨慢」，笑著搖頭，不過還是用有點笨拙的動作認真和她玩，疊杯就是這樣適合各種年紀、體態的人一起玩的好活動。

坦然接受失敗，才能繼續挑戰

張瑜庭記得，自己九歲時參加中華競技疊杯運動會時，在預賽現場非常緊張，當她想到只有前十名可以進入決賽，突然心慌意亂，一直「倒杯」，忍不住就哭了。她一點也不在意在賽場上哭，所以緊張時她會哭，疊不好她也會哭，「哭有什麼關係，也許有點丟臉，但這是我發洩情緒的方法，是一種正常的情緒表達，讓我更專注，也更有機會達到自己的目標！」

因為每次哭完後，她就能開始調整心情，讓自己冷靜下來。她有個祕密武器是「和教練聊天」，教練告訴她：「放輕鬆，轉身後就要微笑，再試一次。」張瑜庭做到了，她讓自己只看著杯子，全神專注於比賽，而不是四周喧譁的觀眾，原本悶在心中的煩躁有了出口，疊出 5.882 秒的好成績，打破原本世界紀錄 6.119 秒，成為九到十歲的花式循環世界紀錄保持人！

在七到八歲、九歲到十歲組都是疊杯世界紀錄保持人的張瑜庭，被稱為是「瑜庭障礙」，意味其他同齡選手難以突破。張瑜庭笑著說，一直拿冠軍，代價就是只能保持冠軍，除非再次打破自己的紀錄，否則再好的成績都是輸。但比賽不會永遠勝利，她只能坦然接受每一次的失敗，因為這就是成為冠軍的挑戰。

酷少年
小檔案

十一歲的張瑜庭，從四歲看哥哥玩疊杯，六歲開始練習疊杯，疊杯不僅是她的玩具也是她的朋友，讓她願意每天花時間投入訓練，不斷挑戰自我，也因此成為七到八歲及九到十歲組的疊杯世界紀錄保持人。

小孩酷斯拉影音頻道
張瑜庭▶

酷專長要如何開始？

不熟悉疊杯的人可能覺得奇怪，幾個塑膠杯疊來疊去有什麼好玩？其實幾個塑膠杯就很好玩！例如最簡單的「3-3-3」，只要記得口訣是「右手 - 左手 - 右手 - 左手」，就可以把三個疊杯疊起來又收好，說起來簡單，要快速完成可不容易，歡迎一起來疊杯。

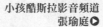

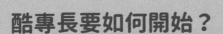

我想幫我的鳥類朋友說話　陳星允

我從三歲開始賞鳥，牠們就像是我的好朋友，沒有人想活在常常受到驚嚇的環境，我也希望我的鳥類朋友不要過著飽受驚嚇的生活，安心快樂的生活在大自然裡！

今年十歲的陳星允，綽號是小星星，和其他同齡小孩一樣愛玩、愛運動，平時喜歡跟同學一起打網球，一天沒有打球手就會發癢；他也喜歡拿著手機到處抓寶可夢，但一靠近樹木旁、聽到鳥叫聲，他整個神情都不同了！

因為陳星允是個賞鳥小達人，不只能「聽聲辨鳥」，馬上猜出附近的鳥類為何，對賞鳥圖鑑也是倒背如流，即使拿著圖鑑一頁一頁考他，也完全難不倒他呢！

愛賞鳥的爸爸帶他進入鳥類的世界

其實，陳星允完全是虎父無犬子的最佳代表人物，年僅三歲時，愛賞鳥的爸爸就常帶著他四處尋覓鳥的蹤跡，有時就在住家附近的樹下觀望，有時跑遠一點，二〇一八年他們一家人還組隊參加臺灣國際馬拉松觀鳥大賽。這場比賽聚集了來自南非、美國、加拿大、韓國、新加坡、柬埔寨等國際選手，組成二十五支隊伍，其中「小星星愛鳥探險隊」就是充滿幹勁的陳星允一家三口。

參賽者要在二十四小時內記錄觀察到的鳥類，由種類最多的隊伍勝出，陳星允一家人妥善分工，爸爸負責開車橫跨雲林、嘉義、臺南，他和媽媽則將一路上看到、聽到的鳥類比對圖鑑，一一記錄下來，這種比賽眼力和記憶力、觀察力特別重要，陳星允和爸媽仔細研究，最後記錄下小白鷺、紅冠、蒼鷺、鸕鶿，還有看到鳳頭潛鴨呢！

如果不是愛鳥人士，聽到這樣的比賽內容一定覺得無趣又辛苦吧！陳星允卻一點也不覺得。他的年齡雖小，但可是一位專業賞鳥者，生活在臺灣對他來說是一件幸運的事，因為臺灣擁有優越的地理環境，從高山森林到近海的河口溼地，涵蓋熱帶、亞熱帶、溫帶等不同的氣候型態，也讓這座島嶼上有多達六百五十種以上的鳥種，勤奮的陳星允已經累積觀察到將近兩百三十種，約占臺灣六百五十種鳥類的三分之一。

2345678
Music

找鳥和抓寶可夢一樣有訣竅

不愛鳥的人是不會注意到身邊有多少鳥類和自己共同生活！但陳星允知道找鳥的訣竅，光是同學們天天造訪的籃球場，就可以輕易觀察到鳳頭蒼鷹的身影，此外，黑枕藍鶲、白鶺鴒、灰鶺鴒，也都是不難遇見的鳥類，每次看到牠們翱翔於空中的美妙姿態，陳星允就深深著迷。

愛抓寶的陳星允，常常覺得尋找鳥跟抓寶可夢很相似，只不過一個是在虛擬世界收服寶可夢，一個是在現實世界裡找隱藏版寶貝——也就是躲藏在樹林、飛翔在空中的鳥類，但鳥類不能靠精靈球收服，所以他在電腦上製作了表格詳細記錄，也貼上照片，編成專屬他自己的賞鳥圖鑑。

賞鳥是陳星允和爸爸共同的興趣，他是爸爸活生生的鳥類圖鑑，爸爸遇到不知道的鳥都會轉頭問他，而總是捧著圖鑑讀的他，遇到不懂的國字也會抬頭問爸爸，兩人是彼此最好的老師。賞鳥，也讓他結交到許多鳥友，他相信，喜歡鳥的人都是好人，或許年紀差異懸殊，但志同道合、關於鳥的話題說也說不完。

我要幫助不會說話的鳥類朋友

賞鳥，也讓陳星允多了好多自然界的好朋友，每當聽到鳥叫聲，他就覺得是熟悉的朋友在和自己打招呼，看到鳥在天空飛翔的身影，就像親切的朋友來找自己玩。偶爾看到鳥類被驅趕、或是因人類舉動離開原本棲息的樹枝，他就感到十分抱歉。

他能幫自己的鳥類朋友做什麼呢？陳星允有個好點子，就是成為鳥類攝影展的小小導覽員。但這個任務並不容易，因為一般孩子對賞鳥沒有興趣，也不認得任何鳥類，面對攝影作品、而不是活生生的鳥，更是興致缺缺，他該怎麼向大家傳遞想幫鳥類朋友說的話呢？

陳星允向導覽員前輩請教過後，決定用「鳥的聲音」來為大家導覽，「我很會模仿鳥的叫聲喔！大冠鷲、冠羽畫眉的叫聲都很像吹口哨，只是吹的技巧不同。」他記得前輩的叮嚀，來看鳥類攝影展的人，也許對鳥有興趣，但不一定會對鳥類生態的學術資料感興趣，與其背誦圖鑑上的資料給大家聽，不如多說說關於鳥的小故事、鳥的特有個性，讓大家知道鳥的叫聲差異，以後去野外賞鳥，就可以用叫聲辨認鳥類，是很有用的辨別技巧。

陳星允知道，要向同學們說明關於鳥的事情並不容易，因為臺灣關於鳥的教育太少了，但他還是樂於幫自己的鳥類朋友說話，「而且我有個新招式，就是用寶可夢來類比鳥類，每種鳥都有自己的特徵，跟寶可夢一樣。我發現用這個方法，同學都聽得懂耶！」

他真心希望，未來人類可以多多了解這些可愛的鳥類朋友，例如在繁殖期看到鳥類交尾，一定要保持安靜，否則鳥類受到驚嚇飛走，一切就要重來，有可能就錯過了生下小寶寶的機會；或者是靠近樹木時，若聽聞鳥聲，最好不要大聲說話，也不能在周圍奔跑；更不可以餵食，害牠們失去覓食的天性，以後就懶得去找食物。總之，最重要的原則就是還給鳥類清靜自然的生活空間，鳥類就不再只是圖鑑上的美麗圖片，而是人類生活環境的美麗夥伴喔！

酷少年
小檔案

十歲的陳星允是賞鳥小達人，三歲開始跟著爸爸學賞鳥，他用相機和電腦記錄看過的鳥種，幾年下來已收集超過兩百二十三種的臺灣鳥種。對陳星允來說，每次賞鳥就像見到朋友一樣，他希望大家能夠多多認識牠們，讓他的鳥類朋友安心快樂的生活在大自然裡。

小孩酷斯拉影音頻道
陳星允▶

酷專長要如何開始？

想要賞鳥，必須做好準備，例如零食、水壺、望遠鏡、帽子，最好還能找熟悉鳥類的朋友同行，過程保持安靜無聲、不打擾，就能體會一眼瞄到鳥兒躲藏在樹枝綠葉裡的樂趣。

我煞不住的鐵道夢

劉家愷

家愷是一個有特殊需求的孩子，但是他拋開自己的障礙，天天開懷大笑，享受生活。他會把紙箱套在身上，假裝自己是一列火車穿梭在校園，就連午餐後刷牙都沒把紙箱放下來。

我的孩子叫劉家愷，今年十六歲的他是個超級鐵道迷，知道很多別人不會注意的鐵道常識，例如新烏日、高雄、松山月臺都有陳設復興號的綠色座椅。他還能熟記臺鐵時刻表，任何一班火車從他眼前呼嘯而過，他都能說出那是什麼車號、什麼車種，例如光華號裡面有電風扇，而且光華號停駛了，想搭都搭不到。

家愷是中度智能障礙的孩子，但他的夢想是考取鐵路人員，在鐵路局工作，成為一名帶給乘客歡樂的列車長，每天有坐不完的車。他也是讓我驕傲的孩子，他覺得自己很帥氣，很優秀，最大的興趣就是研究各種交通工具，現在最迷高鐵、臺鐵、捷運這種三鐵共構的車站，車站彷彿就是他的另一所學校，眼所見、耳所聽、腦所想、身心所感覺的，都令家愷著迷，願意全神貫注的去學習。

鐵道文化是挖不完的寶藏、玩不盡的冒險世界

家愷搭車時，喜歡站在火車車門邊，模仿其他站票的年輕人，將自己無法表達出的悲傷、焦慮和寂寞，透過看著車門外的風景、數電線桿、觀察腳下的軌道，隨著列車載著他一一丟棄、一一清理。他也喜歡走在

車廂間，觀察列車長巡視到第幾車，和列車長打招呼，記錄販賣機和廁所在哪一節車廂？哪一節車廂有充電插頭？當快輪到他買便當的時候，就會變得像火車外的朝陽一樣精神抖擻。

家愷也喜歡拍攝鐵道風情，或在車廂內自拍，可能別人不知道那代表什麼意義，但對他來說，那就是他想傳達的心情。鐵道對他來說是挖不完的寶藏，也是最忠誠的朋友。

不過家愷有時候也會特別執著，例如他會因為之前的習慣以為火車開錯方向、車廂裡提醒旅客的跑馬燈有錯，或是廣播的聲音沙啞或說錯，而想按緊急鈴要列車長修正。這時候旁人會覺得他很奇怪或小題大作，甚至因此對他保持距離、另眼相待。這時我會小聲安撫他，提醒他那種小事不用打擾列車長，然後聽他說，試圖引導他，轉移他的注意力。

除此之外，所有關於交通工具的事，家愷都比我厲害多了，每次捷運到站，我都要思考一下該往哪裡走，但家愷一下車馬上帶著我往上走、往下走，讓我們順利完成接駁，跟這樣的孩子在一起，我只要「擺爛」讓他帶著我就好，沒有一次失誤。

但也不能天天出門搭乘火車、捷運啊！

沒有搭車的日子，他就在家上網看鐵道的資訊，我意外的發現家愷能夠分辨每一條捷運線不同的到站音樂、悠遊卡不同的嗶聲代表的意思、火車和捷運行駛到終點站的音樂聲。開心時他還會唱捷運廣告曲：「搭乘捷運的夥伴請你看這邊，松山線東西串連有好多轉乘點，棕紅橘綠藍分線搭乘好方便，嗯哼！耶！」而我會打開手機裡的手電筒，和他一起搖頭晃腦唱歌，拍手鼓掌，當一個最稱職的粉絲。

有特殊需求的孩子，因為火車有了未來的夢想

大部分特殊的孩子害怕與人互動，有話想說但不敢說或怕表達不清，像家愷這樣天天開懷大笑，過著燦爛生活的特殊孩子其實很少。就算去上學，他也能為自己找樂子，例如把紙箱套在身上，假裝自己是一列火車穿梭在校園，出入教師辦公室，和大家打招呼，就連午餐後刷牙都沒把紙箱放下來。

同學們都對他很好，常常提醒他，不要為了講火車的事，耽誤到吃飯時間。對這群孩子來說，家愷打破了他們以往對特殊生的刻板印象，原來特殊的孩子不是異類，更不必排擠他們，其實這些思考、舉動像小孩子的同學，比一般人更單純，也更容易開心，大家現在都很喜歡這個愛大笑、連鉛筆盒都是交通工具造型的鐵道迷同學。

我知道家愷最大的夢想是當火車的列車長，一輩子都能在火車上生

活、工作。除了鼓勵他，我也趁機借力使力，提醒家愷當列車長要有很好的體力，適度運動是重要的。家愷小時候心臟開過刀，他出生第十天發現有先天性心臟病，是很複雜的法洛氏四重症，手術修補後還是有後遺症，太激烈的運動對心臟不好，但可以練習游泳，藉由悶氣刺激呼吸、按摩胸腔還有心臟。不過醫生不希望他參加比賽，怕引發心律不整。

但家愷太喜歡游泳了，又游得很有自信，決定參加身心障礙游泳比賽。他告訴醫生，自己是去玩，不是去和人比賽的，醫生才放行，這讓家愷真的很開心。雖然比賽時家愷很緊張，還曾遇過蛙鏡掉下來蓋住鼻子、或把蛙式游成自由式等突發狀況，但沒關係，因為我這個媽媽就是他最大的粉絲，我會一直大喊「家愷加油！」永遠支持他！一〇八年全國身心障礙游泳錦標賽，家愷在一百公尺自由式項目得到第五名，兩百公尺自由式得到第三名，大大的增加了他的自信。

出發去探險的孩子，是為了紓解內心的情緒

家愷胸口那道因心臟手術留下的長長的疤，就是屬於他個人的鐵道。而他的鐵道旅行夢，已經無預警「出發」三次了，第三次真的嚇壞我了。那天我上午十一點多發現家愷再度離家冒險，趕快報案，直到下午六點三貂嶺火車站的站務人員才找到他，當時天已經黑了，我心裡又急又氣，不知道他如何照顧自己，保護自己？還有他去了哪裡，什麼時候才會回來？我不但慌張更是擔心。

沒想到，家愷看到我的第一句話是：「嗨！媽媽我愛你！」我馬上抱住他，告訴他以後要先和我們說一聲再出門。家愷說，因為他心情不好，才會搭火車散心。臺鐵人員也安慰我，家愷只是忘了帶手機，不用太擔心，還誇獎家愷很獨立，臺鐵人員會注意到他，是因為家愷

沒有往出口走，出站後又進站，才發現是「離家冒險」的孩子。

我知道特殊的孩子有時情緒出不來，情緒來的時候又不見得知道怎麼說，偏偏他無法理解這樣的行為會讓人擔心。其實，家愷的情緒來自於他即將畢業、會考要到了，最近家裡又有許多變化，他喜歡的二姊和阿嬤相繼離世，空蕩蕩的家，也是他的壓力來源。

家愷有時候會坐在二姊的床上，問二姊還會回來嗎？也記得之前探病時和姊姊的互動。現在他把一個史努比娃娃當成二姊的化身，常常帶著娃娃出門，火車誤點了會跟娃娃報告，或是親娃娃傳遞愛姊姊的心情。

現在，我們都知道家愷處理焦慮的方法，就是打包、出發搭火車、坐車轉車，讓心情得到釋放與冷靜。雖然我還是很焦慮、不放心，但我明白一個人的內心渴望難以阻擋，我要懂得放手，不過在那之前，我要求家愷學會規劃自己的旅程、和家人交代重要的資訊，做好準備就可以開始自己的冒險。

家愷現在出門前，會先和家裡的御本尊祈禱：「火車平安，不可以翻覆喔，我會平安回來，請幫忙好好照顧大姊。」也向天上的阿公、阿嬤祈禱記得保佑他。他不僅規劃好行程表，也承諾在自己尚未熟悉旅行的步調前，先帶著我一起出發。家愷告訴我，坐火車真的很開心，火車很安全、列車長又會保護他，未來他也會成為一名列車長，雖然是一條漫長又不可及的夢想，不過現在他先好好享受搭火車的樂趣就好！

酷少年
小檔案

劉家愷是超級火車迷，雖然有中度智能障礙，但是三鐵的接駁卻一清二楚，還可以帶媽媽搭車旅遊，夢想是當一名列車長！火車對他來說，是探索不完的寶藏，也是心情低落時的依靠。

小孩酷斯拉影音頻道
劉家愷▶

如何和有特殊需求的同學相處？

以家愷的狀況為例，他能打理自己的基本生活，也有很強的記憶力和學習能力，唯獨邏輯思考與判斷能力比較弱，所以會發生獨自離家去搭火車旅遊的事。若你的身邊有這樣的朋友，別忽略或漠視他們，或把他們當成需要照顧的小孩子，可以花點時間和他討論某個作業、活動他打算怎麼進行？遇到問題該怎麼解決？一起研討合適的對策，對他的幫助會很大喔！

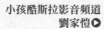

我和我的水電強迫症

戴菖昱

小時候，有一次颱風天停電，臺電人員來我家附近維修，他們修理電線桿的時候，很多居民在下面圍觀，修理好，電來了，大家都很開心！好像救了一個村莊的人。

今年十五歲的戴菖昱是水電達人，他的興趣不是看電視也不是打電動，而是帶著心愛的工具到處去修水電！戴菖昱形容自己不只是「有點愛修水電」，他根本是「水電強迫症」！只要看到某盞燈閃爍、或是無法點亮，心裡就有一股衝動想立刻換掉燈管，「我沒辦法忍受電器有缺陷啦！」阿公是最大受益者，家裡的燈管都被戴菖昱換新了，廚房還裝了新的照明設備，戴菖昱甚至自己做了一個開關箱，裡頭有電源、兩顆斷路器，一顆分配給冰箱，另一顆給兩個電鍋，阿公家從此沒有跳電的安全問題。

照亮阿公阿嬤家的生活

戴菖昱「服務」的範圍不只自家，他還常常跟著阿公巡視家附近的路燈，有些路段太暗了，他仿造路邊電線桿構造，ＤＩＹ十幾支木頭電線桿、路燈，「阿公家靠山邊，比較容易有蛇出沒，把路弄得亮一點，阿嬤走路去看雞比較不危險。」阿嬤農舍裡的燈，每逢下雨就會開始閃爍，戴菖昱研究後，發現是燈罩沒有做好防水處理，下雨時滲水，他乾脆幫阿公整組換掉，阿公阿嬤都很滿意，因為乖孫的好手藝，現在不管是家裡、農舍、附近道路，入夜後都能燈火通明。

和水電家電當朋友

戴莒昱之所以和水電結緣，是因為小時候有次颱風天停電，一個城市沒有電，就像鬼城一樣恐怖，從那天起，戴莒昱眼中的臺電人員就像救世主，也讓他下定決心好好學習這項能夠助人的專業技術。

戴莒昱和哥哥姊姊年紀差距大，從小在家沒玩伴，爸媽工作也忙，他每天在家裡東摸摸西摸摸，對家電用品拆裝組合產生興趣，加上舅舅是水電技師，戴莒昱讀小學後，開始教他一些簡單的水電知識。雖然在學習過程中，戴莒昱也曾被電到，但初生之犢不畏虎，加上專家舅舅就在身旁，讓他知道電不可怕，不懂時多問、多學，就能避免危險。

在戴莒昱的想像裡，電的世界就像是一條高速公路，上頭有很多電跑來跑去，偶爾路上塞車，產生「短路」的狀況，需要他扮演和事佬的角色，讓電不要打架。

為了扮演好和事佬，他很仰賴自己最好的朋友——老虎鉗，「老虎鉗會幫我做事，又不會講話酸我，更不顧人怨。」老虎鉗還是他的救命恩人，每次戴莒昱接觸電器時，為了保護自己，習慣先拿老虎鉗將要修理的電線接地，如果「砰！」一聲，立刻爆出火花、跳電，就代表電線仍然有電，若不小心直接誤觸可是會受傷的。

工欲善其事，必先利其器，戴莒昱把三分之二的壓歲錢都拿去買水電工具，幫心愛的老虎鉗增加夥伴。為了讓這群好幫手發揮功能，他偶爾也會幫附近鄰居修理水電、修理插座。

修理水電全力以赴

「很多人不在意家裡用電安全，例如插座明明已經鬆脫卻不修理，每次要用就推回去，要拔插頭時，整個插座就掉出來，漫不經心的小動作，其實容易讓電線刮傷。」戴菖昱年紀雖小，但他做事不馬虎，研究好鄰居家的用電狀況後，他先去水電行購買需要的工具。他注意到鄰居家因為插座不夠用，反覆拔插頭，或是自己拉延長線。最後他決定用跳線方式將鄰居家的插座擴充成五個，鎖螺絲時也特別謹慎，如果鎖太緊，蓋板會破裂。謹慎的他還用電表仔細測電壓，確認完全沒問題，他才安心離開。

為了充實經驗，每次有人找戴菖昱修理水電，他都全力以赴，要求自己要好好表現，「我要證明自己可以做到，看到他們露出開心的笑容就好有成就感喔！」他常常想到小時候鄉民看著臺電人員維修時的神情，也希望自己能那樣被看待。

水電的世界無限學問，拜師學習精益求精

水電的世界有無限學問，戴菖昱要求自己精益求精，但有時也會碰壁，例如練習「折管」，必須拿著瓦斯噴燈繞著塑膠水管烤一圈，折一個角度，再往下烤一圈、再折一個角度。

「我不知道怎麼控制火的『寬度』，折下去水管就變形了，折得很醜，上網也找不到答案。」戴菖昱重複做了三、四十次以上，還是無法成功，他知道自己有個毛病，只要某項想學的技術學不會，接下來不管做什麼事，吃飯、睡覺、讀書，腦袋裡都會有一個聲音催促他：「趕快學會啊！快去學！快去學！家裡明明有那麼多材料可以練習，不要浪費時間了！」

他升上五年級後向水電師傅胡治賓拜師學習，當時胡治賓滿腹疑惑，不知道一名國小學生想問些什麼？沒想到戴菖昱問他「開關怎麼接」、「插座怎麼接才不會短路」，讓胡治賓留下深刻印象。

隨著戴菖昱學習水電的時間變長，他們討論的問題也更加複雜，關於讓戴菖昱一再嘗試的「折管」，胡治賓說，塑膠水管會燒焦、變形，都是掌控火候的問題，所以使用瓦斯噴燈時不能開大火，火苗也不能太寬，若是想要讓水管折彎，那麼內角度要烤得熱一點、外角度溫度稍微冷卻，才容易折出好看的角度，「記得，要燒折管不能趕時間，一定要耐心等候，確認管子冷卻，才能燒下一個地方。」戴菖昱專心傾聽師傅的指導，現場重新試做一次，果然進步許多！其實看似嚴格的胡治賓心裡也很佩服這個小男孩，這可是資深水電師傅才能掌握的技術啊！

胡治賓曾經教過許多學徒，很多孩子嘗試幾次失敗就會滿心不耐，戴菖昱卻不會，只是不斷反覆練習，永遠給自己「再試一次」的機會，這種學習態度讓他決定，只要戴菖昱有心想學，他就把自己所知、所能都教給對方。戴菖昱也沒有讓師傅失望，國三時申請上花蓮高工電機科，如今他已是一名高一新鮮人，能夠每天在學校精進自己的水電技能是他現在最開心的事，雖然偶爾也會遇到挫折或不懂的地方，但班上的歐陽慎老師和同學們就是他最大的後援。

每個孩子都有夢想，戴菖昱的夢想就是成為真正的水電師傅，在那之前，他要不斷提升自己的技能，一直學、一直問，「有一天，我一定要比我的師傅還厲害！」

酷少年
小檔案

十五歲的戴菖昱是水電達人，自己家裡不用說，甚至在屋外 DIY 十幾支木頭電線桿，還常到鄰居家幫忙修水電。運用自己學會的技術，幫助大家解決水電方面的問題，讓他覺得自己就像超人一樣，獲得滿滿的成就感。

小孩酷斯拉影音頻道
戴菖昱▶

酷專長要如何開始？

其實水電技術沒有大家想得那麼危險，也可以是很簡單的桌上 DIY。例如自己做一個藍芽喇叭，只要準備好藍芽喇叭的模組（想像這是藍芽喇叭的大腦），還有鋰電池（藍芽喇叭的心臟），加上一個喇叭。然後小心的把主版和電池焊上，正負極對準，黏在紙盒裡，接著打開手機搜尋訊號，你就有擁有自己的藍芽喇叭啦！

我的無線電異想世界

高睿陽

玩無線電不僅讓我和爸爸多了一個共同的興趣和話題，也擴展了我的交友圈、打開了我的視野，就像是在釣魚一樣，在遇到空中友臺前都不知道會和哪一國人通話。

「伸手抓住一把空氣，你猜，有沒有電波流動？」現在十一歲的高睿陽常常盯著天空沉思，心想，雙手隨意抓握的瞬間，到底「抓到」了多少傳送中的電波？

「答案是，這個世界隨處都有電波流動，哪怕是屋子裡、水泥建築的牆壁裡都有！無線電的作用，就是把某一部分的電波抓下來當訊號發

送出去！」

這個連成人都很難回答的問題，高睿陽聊起來卻是興致盎然，他鑽研無線電、電波的知識已經好幾年，可是不容小覷的「火腿族」（業餘無線電人員）。

被朋友暱稱是「小尾」的高睿陽，平時生活和一般小學生無異，週末會去下棋，享受「痛虐」對手的感覺，也會忙著幫自己的寵物鍬形蟲換水苔。不過，當他跟爸爸出門玩無線電時，立刻變得「有點特別」。例如進行「獵狐活動」（ARDF）時，他和爸爸必須先在獵狐槍上裝好天線，讓天線接收狐狸的信號，他和爸爸戴著耳機和麥克風，手上拿著獵狐槍，緊盯著獵狐現場的每一處角落仔細搜尋，隨著信號的收音增強，比賽誰找到狐狸。

「別緊張，別緊張，獵狐的狐狸不是真的啦！狐狸其實是能發射無線電波的小型信號源，我們藉由獵狐槍上的天線找到它。」高睿陽解釋，獵狐其實是一種結合無線電的體育競技項目，類似捉迷藏，適合在樹林、草原、近郊、公園等自然環境中進行，搜尋狐狸的身影。

全國年紀最小的業餘無線電一等人員

高睿陽的爸爸是電信工程師，也是業餘無線電玩家，家裡有許多無線電器材，高睿陽從小就常被爸爸帶著一起出門「玩無線電」。有一次爸爸帶他一起獵狐，當活動結束後，爸爸忙著收拾獵狐槍、小型信號源、衰減器、接收機、指向性天線等無線電設備，高睿陽卻突然大哭，生氣自己根本沒有玩到，遊戲就結束了。

爸爸這才知道，原來高睿陽從小耳濡目染，對無線電產生興趣也頗有心得，便教他更多無線電知識、法規以及摩斯電碼，高睿陽六歲就考到業餘無線電三等執照，接下來三年他一路考試升等，包括無線電學、相關法規，還要聽懂頻率、破解摩斯電碼、學習機器裝設和連接等，終於在九歲時取得一等執照，成為全國年紀最小的業餘無線電一等人員。

無線電連結起我和爸爸

「玩無線電，讓我和爸爸多了一個共同的興趣和話題，我們能聊好多關於無線電的事。這麼多年來，爸爸帶著我參加各種無線電活動，他會幫我拉線、裝設備，教我如何用電鍵打出摩斯密碼的符號，只要我有興趣的事，爸爸都願意教我。」高睿陽很高興，無線電拉近了自己和爸爸的距離，即便他即將步入青少年，但只要有無線電作為橋梁，他和爸爸就能溝通無礙。

無線電也讓他擴展了人際交友圈、打開了自己對於全世界的視野，

「無線電有點像是在釣魚，空中友臺就是我的魚，今天不知道會和哪一國人通話。」高睿陽說。

「CQCQ，this is Bravo Victor 3 Uniform Hotel. Calling CQ DX, and standing by.」當高睿陽上線，以自己的呼號「BV3UH」呼叫遠方空中友臺時，心情都很雀躍，他不知道自己會和什麼國家、什麼年紀或性別的人通話，所以他隨時準備好以英文和外國友臺對話，一點也不畏懼害羞。

無線電角色重要，救災現場最能發揮作用

雖然現在手機、網路盛行，無線電看似沒有存在的必要，但爸爸告訴高睿陽，無線電在各種救災現場都是重要角色。不管是幾年前的九二一大地震、八八風災、或是發生於中國的四川大地震，熟悉無線電

操作的夥伴，都會第一時間去到現場，協助架設緊急通信網，就連消防署、衛福部等政府機關也會結合業餘無線電團體志工，在必要時刻建立緊急災害通信網，因為無線電可以到達各個死角，並非手機、網路能取代。

臺灣每年颱風天災也不少，但相較於德國、澳洲、日本等國家對於兒童業餘無線電的教學內容，臺灣相關科普教育十分不足，有在玩業餘無線電的孩子自然有限。不過高睿陽並不孤單，擅長摩斯電碼的他常常在自己架設的電臺發出「ＣＱ」訊號，這兩個英文字母就是他呼叫空間友臺的方式，他等待著有人回應，聽到自己的聲音！

每次他和遠方友臺取得聯繫後，就會彼此交換通聯卡片（ＱＳＬ卡），這是確認聯絡到新電臺的憑證，收集到越多，就能證明自己聯繫到越多電臺，「你可以想像是集郵，郵票是一直集不完的，因為世界各國都有郵票，而且又會一直出現新郵票，QSL卡也一樣，永遠收集不完。」高睿陽解釋。

高睿陽已經無法想像沒有無線電的世界，無線電不但讓他與爸爸緊緊相連，也讓他連結到全世界，現在他的目標是收集到世界各國的QSL卡，在每一個國家都有認識臺灣、認識自己的空中好友，他興奮的說：「這就像是對著空中拋出魚竿吧，我能不能釣到全世界的魚呢？一定可以的！我要釣到很多很多魚，比我爸爸釣到的數量多很多才行！」

酷少年
小檔案

十一歲的高睿陽小學四年級就取得業餘無線電一等執照，是全臺年紀最小的業餘無線電玩家。從認識無線電學、摩斯電碼開始，無線電打開了他與世界通訊的大門，收集來自世界各國的通聯卡片（QSL 卡）就是他最大的目標。

小孩酷斯拉影音頻道
高睿陽▶

酷專長要如何開始？

你知道為什麼業餘無線電（Amateur Radio）叫火腿族嗎？其實這個稱呼是從英文「HAM Radio」來的，因為以前的無線電通訊設備沒有像現代這麼厲害，通訊過程會有很多雜訊，英文聽起來就是「ham⋯」，所以大家就把正式通過考試而領有執照的業餘無線電人員稱為「HAM」，沒有取得執照就是「香腸族」，很有趣吧！

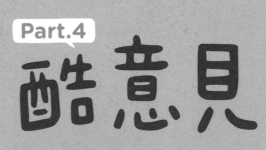

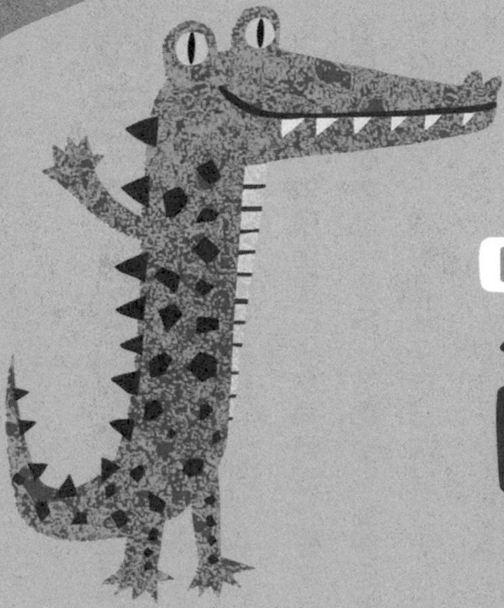

Part.4

酷意見

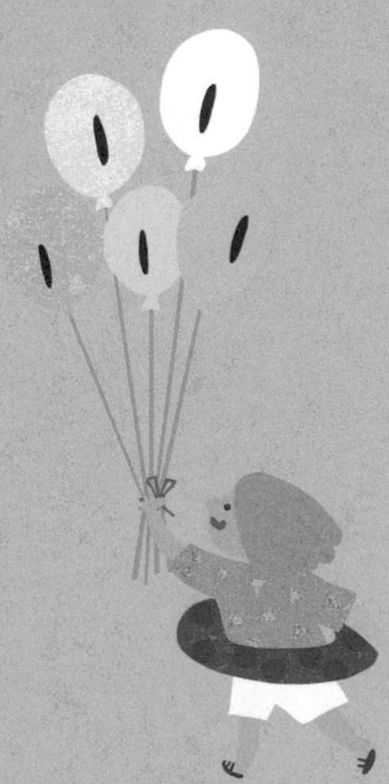

我要做自己之思考的勇氣 中島芭旺

小孩剛出生時，宇宙是無限的，不知道從什麼時候開始，被關進了小屋，爸媽跟學校限制著小孩。若那個宇宙要變得寬廣，就是爸媽的宇宙變得寬廣了，或者是孩子自己決定要變得寬廣的時候。

「您好！我九歲。我沒有去上學，在家裡自學。我想把自己的經驗寫成書，您願意聽我說嗎？」五年前，才九歲的中島芭旺用媽媽的電腦傳了一封訊息給日本出版社「sunmark」的總編高橋朋宏，隔年，他出版了《我看見、我知道、我思考》獲得廣大回響，至今已經翻譯多國語言，在臺灣、韓國、越南、挪威、德國、葡萄牙等國出版。

高橋朋宏回想，當時收到中島芭旺的訊息嚇了一跳，上網搜尋後，才發現中島芭旺的推特帳號寫了很多有趣的文字，決定為他出版一本書，「平時編輯大人的書，會經過大量修改，但孩子寫的書如果被大人修改，就成了謊言吧，所以這本書是以『絕對不修改』的方針來進行。」

對高橋朋宏而言，中島芭旺並不特別，這個世界上和他有一樣想法的十歲男孩應該很多，讀者可能會想到自己的孩子，也可能想到童年的自己。另一方面，中島芭旺又是如此特別，因為沒有一個九歲孩子會勇敢的向出版社提出為自己出書的要求。

我的人生哲學，是做只有自己才能做到的事

「與其想以後的事情，現在比較重要，享受現在，活在現在。」這是中島芭旺的人生態度，也是讓他充滿勇氣選擇與同齡孩子不同道路的

思考哲學，雖然他已經不太記得九歲的自己是怎麼想的，但他一直深信，他是為了做只有自己才能做到的事，才會出生在這個世界，而成長過程就是讓他成為一個自己會喜歡的大人，他深深感謝高橋朋宏當初沒有忽略一個孩子傳來的網路訊息，這些年來，他才有機會因為寫書、出版、四處去演講、分享，更加認識自己，也成為現在的中島芭旺。

現在已經是青少年的中島芭旺，延續了當年自學的方式，依舊在家學習，他把「當中島芭旺」視為一份職業，因為他每天最重要的事就是做自己。

霸凌問題讓他離開校園

被日本讀者稱為小哲學家，並將自己視為安身立命所在的中島芭旺，其實走過疲憊不堪的童年。爸媽離婚後，他和爸爸住在福岡，媽媽住在東京，剛開始中島芭旺覺得是不是自己做錯了，小學三年級轉學到東京後，又遇到霸凌問題，每天去上學都很痛苦，甚至連早上起床都感到困難。

有一天中島芭旺再也受不了，告訴媽媽自己不想上學。媽媽溫柔的說：「好棒啊！你終於說出來了。」因為媽媽早就發現，學校這種處處充滿框架的教育場所，並不適合中島芭旺，孩子願意坦白不想上學，讓媽媽感覺自己得到孩子的信任。媽媽的回答，也讓中島芭旺感到自己被救贖，隔天就不再上學了。

又過了一年，中島芭旺才告訴媽媽霸凌的事，媽媽了解到他溫柔的性格，原來孩子不想讓爸媽擔心的心意那麼強烈，也感受到孩子對自己的愛。

學會傾聽自己的聲音

離開學校後，中島芭旺產生了強烈的寫作欲望，將想法變成文字，記錄下自己的經驗與思考。「我相信世界是靠自己看、自己聽、自己感受，世界是靠自己創造的！所以要先學會傾聽自己的聲音，當個最相信自己才能的人。」中島芭旺現在覺得，不上學也是一種才能，他的學習方式是以自己能思考、自己做選擇為第一優先，他利用電腦搜尋各種知識，閱讀各類型書籍，興致一來，一天花上八小時學習是常有的事。

「小孩剛出生時，宇宙是無限的，不知道從什麼時候開始，被關進了小屋，爸媽跟學校限制著小孩。若那個宇宙要變得寬廣，就是爸媽的宇宙變得寬廣了，或者是，孩子自己決定要變得寬廣的時候。」中島芭旺說，他感覺自己對任何事都變得比以往更寬容，也接受自己有很多不知道的事，但沒關係，他可以去請教喜歡的人，例如茂木健一郎。

科學家茂木健一郎是中島芭旺崇拜的對象，無論是做人處事的態度、生活的方式，都讓他嚮往不已，雖然兩人年紀差距甚大，但因緣際會結成忘年之交，兩人平常在網路上保持聯絡，偶爾中島芭旺也會去參加茂木健一郎的讀書會，茂木健一郎認為，中島芭旺是懂得用頭腦思考的小孩，不會把社會常規、大人說話全盤接受，世界就是他的學校。

那麼中島芭旺怎麼看自己呢？「我覺得我是頭腦很好的人，至於怎麼樣是頭腦好？我沒想過這件事，我只是相信自己是聰明的，如果可以相信、就會變聰明喔！」但比起聰明才智，他其實更在意有沒有勇氣，因為世界對願意拿出勇氣的人特別溫柔。「現在的我看起來很做自己，難道我不怕跟別人不一樣嗎？我是怎麼跨出那一步呢？其實不是什麼契機，是幹勁、勇氣！你會發現你能做的事變多了，能走的路變寬廣了，能去的地方更多元了，而我還是我自己，我是中島芭旺。」

酷少年
小檔案

十四歲的中島芭旺住在日本福岡，九歲開始在家自學，十歲時出版第一本書《我看見、我知道、我思考》（《見てる、知ってる、考えてる》），創下日本銷售十七萬本、被翻譯成六國語文版本的驚人成績。

小孩酷斯拉影音頻道
中島芭旺▶

中島芭旺名言：

未來是未知的，突然有隕石掉下來也不一定，過去的事也不會改變，所以專注在當下的事，才是最重要的。

我創作的 App 帶我交朋友

葉礽僖

我以前還在學校讀書時，是很喜歡寫功課、考試的學生，離開學校後，也曾經擔心以後都沒有考試該怎麼辦？但現在我發現，離開學校就只是換個地方學習而已啊！

如果你是一名想創業的青少年，那麼你一定要認識這名住在香港的十五歲女孩葉礽僖。她所創辦的 App MinorMynas 共有五萬多名用戶，遍及全球五十多個國家，讓各地想要開心學習新語言的兒童，都能有安全又好玩的網路世界漫遊與交友。

其實葉礽僖的家庭並不特別，但大家都有明確的責任分工，有爸爸負責照顧全家，媽媽協助 MinorMynas 拍攝影片，弟弟葉禛僖負責上傳影片到平臺，還有愛犬 Captain 與四隻貓則是精神支柱。從小，家裡使用的語言為廣東話和英文，導致她的中文並不流利，還好十歲那年媽媽讓她到臺灣參加中文語言學校課程，才讓她學好了中文。

上網交朋友，學新語言

葉礽僖心想，她的臺灣經驗如果能應用在網路社群，讓更多孩子可以上網交朋友，認識使用其他語言的人，不也是一種有趣的語言學習方式？行動力極高的葉礽僖開始製作一份企劃書，隔年贏得了香港 AIA 小創業家大挑戰，MinorMynas 也順利問世。這個 App 的目標對象是兒童與青少年，用戶可以設定聊天群組主題，以語音、塗鴉、文字、相片、影片開啟話題，並且選擇自己的母語及想學習的語言，再瀏覽其他用戶的教學影片。

剛開始 MinorMynas 只有四個用戶，她、弟弟和另外兩個孩子，隨著平臺用戶增加到五萬多人，葉祁僖不再是單打獨鬥，她和 MinorMynas 上的朋友會一起討論如何改善功能，例如登入程序必須變得更有效率，才能符合使用者的需求。身為 CEO 的她，帶著大家的意見，透過視訊與加拿大軟體公司開會，「新版的 MinorMynas 需要一百萬港幣的投資，所以我必須找到投資者。」

創業的過程是一個冒險故事

這個數字並不小，也有年輕又有興趣的投資客出現，不過葉祁僖仍需要更多專業判斷來協助，例如在她創業過程一路相伴的指導者 Nio Liyanage。Nio Liyanage 是當年創業挑戰賽的評審，他一眼就發現葉祁僖的與眾不同，具有推動改變的潛力，所以願意付出更多時間協助葉祁僖圓夢。

「打造 MinorMynas 的過程好像是一個冒險故事，這個路上一定會遇到想幫我的人、想害我的人，也會遇到奇怪的事情。」投入創業的葉礽僖，並不像同齡女孩對男孩子、音樂、化妝、服飾充滿興趣，她的與眾不同，讓她升上中學後遭到霸凌。

創業的忙碌讓她走出陰影

媽媽羅雅慧回憶，「那時接葉礽僖放學，她都是最後一個出來，葉礽僖會躲在廁所裡，不願意跟其他同學一起走出校門，因為被排擠的人只能像鬼一樣孤獨的走在旁邊，全班一起走在另一邊。」被霸凌的葉礽僖遇到各種痛苦的

事，就連午餐時間也沒有人坐在她身旁，她開始拔自己的頭髮，媽媽驚覺她已經不快樂到放棄自己，不僅排斥上學，也不想跟同年紀的人說話、很怕再度受傷。

還好 MinorMynas 給了她走出情緒谷底的機會，為了處理 MinorMynas 的事務，她必須花許多時間與成人溝通、開會，這個工作讓她能暫時遠離青少年人際圈帶來的痛苦。媽媽羅雅慧觀察，很多孩子在學校遇到

問題，常常會覺得不知所措，認為學校就是生活的一切，但葉礽僖很幸運，MinorMynas給了她另外一個世界，而且是一個真實世界，她不僅因為創業更有自信，也知道其實自己在人際社交上並沒有困難，「看起來是孩子創造了MinorMynas，其實MinorMynas也一直幫助她。」

自學，從創業中成長，在生活中學習

最後葉礽僖選擇離開學校，在家自學。走出了往日陰霾，她開始向外界分享MinorMynas經驗，有時對象是成人，有時是兒童，她想讓大家知道，MinorMynas不只是學習語言的應用程式，真正目的是創造一個安全的網路交友環境，大人放心讓孩子在網路上跨國交朋友，還能線上聊天，而且孩子們不只是簡單問好或討論電動遊戲，有時也會討論氣候變遷問題、幫助被霸凌的孩子，討論也辯論各種好玩的話題。

曾有孩子問她在家自學的事，離開學校已經三年的她，一直努力分配時間，接觸自己有興趣的內容，每天十點到下午四點就是她的學習時間。葉礽僖知道，自己已經不是那個剛創業的小女孩，當時十一歲的她很安靜，不太想說話，也不想主動認識別人，空間的時候寧可一個人讀書。現在的她外向活潑，遇到陌生人也能主動開啟話題，喜歡交朋友，在MinorMynas上，她從有趣的網友那學到了不同國家的語言，在現實世界裡，她和同樣在家自學的朋友Marie、Sabine結成好友，她們無話不談，還能一起做甜點，抒發了她對創業的壓力與焦慮。

十一歲的葉礽僖面對困境會躲起來或逃跑，不讓大家注意到她。十五歲的葉礽僖偶爾還是會想逃，但現在的她可是一名CEO，必須負責任，而且她已經知道，她才是那個讓自己陷入困境的人，只有自己可以解決自己的問題，不知不覺中，MinorMynas讓她成為更好的人。

酷少年小檔案

年僅十五歲的葉礽僖曾經遭受排擠，但在離開學校自學、創業之後，不但已經是一名 CEO，並且透過開發手機應用程式「MinorMynas」，讓全球小孩子交流學習，自己也交到更多朋友。

小孩酷斯拉影音頻道
葉礽僖▶

酷意見要如何開始？

我要和大家分享演講訣竅，首先，記得用正常的速度慢慢講話，讓大家聽清楚，當然也不代表要慢到誇張。第二個要注意的是，像平常聊天一樣多多運用手勢，最後記得要看著大家講話，眼神交流是很重要的，如果你很緊張，可以把大家想像成香蕉。這些就是簡單的演講守則，想要錄一段精采的影片或是舉辦一場有趣的演講，活用這些技巧就對了。

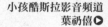

我與糖尿病之樂觀共處

日予安

糖尿病就像一個會扯後腿的朋友，但同時也是讓我維持健康飲食的益友。為了和這個麻煩的好友相處，我最大的願望是有人發明無醣調味料，讓食物有味道，但不會有醣，這樣就不用那麼依賴胰島素，生活也方便多了！

打針應該是孩子最害怕的事，但今年十歲的日予安每天連同血糖測量和注射胰島素，要用針扎自己將近十次，被針扎的痛感，是她的日常。

日予安在一歲十個月時，被發現患有第一型糖尿病，幾年的經驗累積，現在她已經能熟練和他人說明自己身體的狀況。由於第一型糖尿病也稱作胰島素依賴型糖尿病，她每天最重要的隨身包不是喜歡的玩具，而是幫助自己測量血糖的血糖機和採血筆，還有胰島素筆針和糖果，「我做很多事前都要先測量血糖，例如體育課跑步比賽前我很緊張，血糖就會升高。或是有時血糖突然太低，就趕快吃一顆糖補充一下。」這四樣法寶讓她能安心享受愉快的校園生活。

你認識第一型糖尿病嗎？

日予安是學校裡唯一的第一型糖尿病患者，常常有人問，她是不是糖果吃太多才會有糖尿病？為什麼要打針？為什麼要量血糖？在同學眼中，她顯得和同齡孩子與眾不同。

為了讓大家充分理解，日予安特地畫了關於糖尿病的解說圖，「第一型糖尿病患者的身體裡完全沒有胰島素，因為本來的身體細胞不認得製造胰島素的β細胞，結果β細胞被攻擊，功能受損，身體無法分泌足夠的胰島素。」身體裡沒有胰島素，使得血糖起伏不定，有時要靠補打胰島素讓血糖穩定，有時則是要補充糖，讓血糖升高。

還沒上國小前，日予安都是靠媽媽幫忙打針，當時年紀小，她一看到針頭就怕到哭出來。七歲上學後，日予安嘗試自己打針，當她要把尖尖的針頭，刺進自己的肚子時，緊張到手直發抖，實在不敢下手，最後在媽媽的鼓勵下，才完成這個超級任務。

由於首次幫自己打針的經驗太震撼，太恐怖了，後來有很長一段時間，日予安自己打針時都會有些害怕。直到她升上二年級，媽媽實在太忙了，沒辦法每天跑來學校幫她打針，日予安知道，自己必須努力克服。現在她每天至少要量七次血糖，每次量血糖都要先用採血筆刺自己的指頭，讓血液滴到試紙上，再將沾了血的試紙插入血糖機讀出數據，就會知道要打多少胰島素，整天下來，至少要用針扎自己十次。

「有一次我打針打在大腿上，結果打到血管，流了好多血，後來我就不太敢打大腿了，現在我改打肚子。」日予安說起這些過程，已經不再感到害怕或是緊張，越來越習慣的她，明白若不好好測血糖、打胰島素，只會讓她的身體因血糖不穩定而痛苦。

不過無論日予安顯得再怎麼無所謂，或是媽媽特地來學校向同學們解釋何謂糖尿病，同學對於有人在身旁打針仍然不太適應，有人覺得她很勇敢，打針也不會哭，也有人捉弄她，叫他糖尿病小姐，被老師罵了一頓。

每天中午日予安準備打胰島素時，同學為了讓她安心打針，會彼此通知：「予安正在打針，不要靠近。」日予安也會跑到陽臺去，把門關上，確定沒有周圍的干擾，快速幫自己測血糖，接著和媽媽通電話報告血糖

值，再確認要施打多少劑量的胰島素，然後勇敢撩起上衣，在肚皮上打針。完成後，日予安再若無其事回到座位，她知道同學的害怕是自己無法控制的，自嘲說：「大概是怕被我打針，或是怎麼樣吧。」

為什麼是我得糖尿病？

但第一型糖尿病帶給她的挑戰不只是打針，她還必須注意飲食的糖分、卡路里、和碳水化合物的比例，才能控制血糖的濃度，不僅盛飯時要秤重，進食和打針的時間也得互相配合。

「有時候會覺得很煩啊！哎唷！為什麼是我？為什麼我要得糖尿病？看別人吃，我都不能吃，做什麼事都被限制，運動不能太猛，吃飯不能吃太多吃太少，我好希望有一天可以突破這些限制的圈圈。」日予安總是在忍耐，因為習慣了，她也比同齡的孩子更擅長忍耐，當同學帶著點心到學校分享，無論自己有多想吃，都只會嚐一點點，小到跟小拇指指甲一樣小，要這樣忍耐真的很辛苦。

「有一次中午在餐廳吃飯，隔壁桌的小男孩看到我在量血糖，一直問媽媽，那個姐姐在做什麼，為什麼要用尖尖的東西刺手？弟弟一直講、一直問，讓我心裡很不舒服。」日予安無奈的說，若糖尿病患者不得不在戶外打針時，希望大家不要特別注意，更不要用異樣眼光盯著看，如果發現她臉色慘白，給她一顆糖果就是最好的幫忙。

煩心的時候，日予安就會躲入書的世界，書會帶她離開現實生活，讓她緩和情緒，慢慢冷靜下來。有時，日予安也會跟同樣有糖尿病的朋友聚會，聊聊血糖不穩定造成的問題，或是提醒不要因為貪吃就亂吃糖，這些明明是生活中的麻煩事，吐完苦水卻又忍不住哈哈大笑。

日予安覺得和相同處境的孩子相處很自在，不用解釋也不用忍受異

樣眼光，能夠滿足自己當普通人的心願。她也發現有些病童性格內向，量血糖不敢讓別人看到，「可是當我們聚在一起時，可以給彼此力量，大家一起努力面對、接受自己的身體就是這樣。」

日予安才十歲，但身體教她的事讓她顯得早熟又敏感，她知道，悲傷過日子，事情不會好轉，她情願選擇開心生活，「與其把自己關在家，不如在草原上奔跑，更自由、更寬廣的看待糖尿病人的生活方式。」因為她比誰都知道，患有糖尿病不是任何人的錯，她就是她自己，是能與獨一無二的自己和平共處的日予安。

酷少年
小檔案

十歲的日予安的身上永遠帶著一個裝有糖果的小包包，每天需要檢測血糖七到八次和注射胰島素四次。雖然生活上有許多不便，但她接受一半是糖尿病的自己，另一半是可以做任何喜愛事情的自己，以樂觀的態度接受自己的不完美。

小孩酷斯拉影音頻道
日予安

影響我的一本書：

如果你想更認識糖尿病病友的狀況與心情，推薦閱讀《甜蜜的冒險：與「糖」同行，全齡 T1 糖友的內在探索 X 療癒心靈實用白皮書》這本書，裡面記錄了從五到五十歲，十二位糖友的心路歷程，內容很淺白易懂，希望能幫助你們理解我！

我用拍片改變世界

郭于萍

聾人朋友騎車時，如果後面有救護車，他們聽不到警示聲，往往因此被誤解、被罵，讓他們很傷心，所以我想拍一部影片，讓大家知道，手語也是一種語言，就像我們學英文，是為了和其他國家的人聊天，學會手語也可以和聾人朋友聊天。

十五歲的郭于萍，五年前從加拿大來到臺灣定居，好奇心旺盛的她，對很多東西都充滿興趣，也因此培養了廣泛專長，她喜歡西洋擊劍、攝影、拍攝影片，這兩年還開始學手語。

郭于萍努力將自己的興趣與專長，轉變成助人的能力，例如在臺中市聾人協會辦的保齡球比賽上負責拍照，或是拿起攝影機，拍攝自己最近的生活與感興趣的事物，同時帶入有教育意義的題材，還介紹臺灣特色，比如她曾製作一部蜜蜂生存危機影片，前後花了足足一個月的時間才完成，也是她最得意的作品。

起因是某天郭于萍搭車時看到一段影片——一名母親鼓起勇氣去打一隻虎頭蜂，以免被攻擊。「那樣實在太危險了，我看了嚇一大跳。」她注意到大眾對蜜蜂的不了解，反而容易引起人蜂衝突，決定自己畫圖、攝影、後製，製作一部介紹蜜蜂的動畫，希望讓更多人注意到攻擊蜜蜂可能造成的危險，還有蜜蜂的生存問題。

在鏡頭前落落大方的郭于萍，其實性格很害羞，小時候，她是個安靜的孩子，「我幾乎不說話，很怕一開口會講錯話，造成什麼誤會。但拍影片必須一直講話，而且是對著相機自言自語，很開心的說個不停，

我想周圍的人看到我應該也覺得怪怪的。」她笑著說，現在她把拍攝影片，當成給自己的挑戰，希望自己變得更開朗一點，也更勇敢一點。

郭于萍拍攝的第一部影片，是記錄自己養的兔子，「牠叫伊莉莎白，看起來很像女王，個性有點高傲的樣子。」起初她並不擅長影片製作，幸好有哥哥教她攝影與剪接的技巧，尤其要注意影片不能太短也不能太長，否則不是想傳達的概念無法傳遞，就是觀眾會不耐煩失去注意力。

用心的郭于萍，將哥哥教她的各種訣竅與叮嚀，仔細的寫在便利貼，貼在房間牆壁上，聰明的哥哥是她最佳拍檔，「哥哥真的很厲害喔！他有一次還到大學去教授一堂電腦程式的課程。而且哥哥還會用紙改良舊鏡頭，自己做出一個微距鏡頭，再想辦法裝到相機上，我完全不懂是怎麼做出來的，不過一看就覺得很厲害。」

打開人生之書，欣賞和自己不一樣的人

郭于萍知道，在電腦與創作有著極佳表現的哥哥，平時與人相處並不順利。因為哥哥有妥瑞氏症，會不自覺的頻繁眨眼，與哥哥對話的人有時會覺得他很奇怪，哥哥努力試著解釋原因，但常常解釋到一半，聽的人就不耐煩沒興趣了，很少有進一步了解的意願。

「哥哥遇到困難時，不知道如何表達，他想的事情說不太出來，但我們覺得沒關係，妥瑞氏症讓哥哥更聰明。」因為哥哥，郭于萍了解，每一個人都像一本書一樣，不管外表如何，只要願意主動打開那本書，就會有意想不到的驚奇發現。

懂得欣賞和自己不一樣的人，是郭于萍的另一個長處。她期望自己能和各式各樣的人愉快相處，並且發揮自己的能力幫助他人。郭于萍的阿公是盲人，乾爸乾媽也是盲人，她從小就習慣與盲人相處，也知道盲

人生活會遇到許多困難，加上自己是聾人協會的志工，讓自己成為盲人的眼睛與聾人的耳朵，是她一大心願。

郭于萍很了解無法與他人溝通，是一件多麼痛苦的事，五年前剛從加拿大搬回臺灣時，大家聊天的內容，她和哥哥都聽不懂，性格害羞的她又不敢告訴其他人，深怕自己一開口，就會聽到更多自己聽不懂的話。

「剛開始，我到一般國小上了半學期的課，發現中文真的很難，而且學校一直考試，很恐怖，但我又看不懂字，那是我感到壓力最大的一段時期。後來我選擇在家自學，覺得這種遠距學習的方式更適合我，放慢腳步慢慢來，趁外出與其他人聊天時來學中文，再看看何時要回到學校上課。」郭于萍說。

擔任聾人協會的志工、拍攝認識盲人的影片，都是她自學規畫的一大部分。她嘗試拍攝乾爸、乾媽的訪談，記錄他們當年搭著飛機到加拿大拜訪的過程。在她想像中，雙眼看不到、不會說英文的兩人要搭乘長途飛機，簡直就是冒險之旅。事實也是如此，當時在機場想上廁所的乾爸，被服務人員交代留在原地等待協助，結果一等就是兩個多小時，後來還是靠著自己向他人求助，才順利解決問題。

乾爸告訴郭于萍：「我們眼睛看不到，不用害怕，只要敢走出去，什麼地方都可以去。」乾媽也說：「人盲不怕，最怕心也盲。」這些充滿勇氣的話語，溫暖了郭于萍的心，她從兩人身上學到，要勇敢去做、別怕挑戰。

平等的對待每一個人，盡力影響每一個人

「回來臺灣的這幾年，我有時候會覺得，有些人認為某個人和自己不一樣就是不好，並沒有平等的對待每一個人。」但在加拿大長大的她，

從幼兒園起，就習慣班上有特殊的孩子，也有特教老師協助，班上同學一起玩、一起學習。對大家來說，只是剛好有個同學看不到或聽不到而已，不會改變大家的相處方式，每個人都能成為好朋友。

郭于萍拍攝的影片，就是為了傳達這樣的想法，不過她知道，要一下子改變眾人是不可能的，但改變不多也沒關係，只要有一點點，讓人心有一點點變化就很足夠了。

酷少年
小檔案

十五歲的郭于萍剛從加拿大來到臺灣時，最大的障礙就是講中文，她覺得聽障就像不懂某種語言一樣，只不過是一種與人溝通的障礙。她喜歡用拍片的方式去分享自己的想法，另外也在聾人協會擔任志工。

小孩酷斯拉影音頻道
郭于萍▶

我想教大家比手語：

謝謝：一手握拳，伸出大拇指，彎曲兩下。
你好：「你」一手握拳，伸出食指指向對方，「好」握拳放在鼻子前方
我愛你：「我」一手握拳，伸出食指指向自己；「愛」一手手掌打開，掌心向下，摩擦另一手拳頭握拳，「你」一手握拳，伸出食指指向對方。

我用鱷魚糖果做慈善

Angus Copelin-Walters

我創業的目的是為了幫助沒錢的人，我希望用自己賺的錢，幫助他們過更好的生活，能捐錢給別人是件好事呢！

住在澳洲北領地達爾文的 Angus Copelin-Walters 是一名十歲的小男孩，他也是一名創業家、一間糖果公司的執行長，他賣的糖果是鱷魚眼睛造型，極具地方特色，因為北領地有許多危險的野生動物，當中聞名全球的就是世界體型最大的爬蟲動物，也是最恐怖的河流霸主——鱷魚。

想當然爾，Angus一點也不怕鱷魚，他覺得鱷魚是最美的生物，還很喜歡鱷魚迷人的黃綠色眼睛，就像他喜歡北領地達爾文這個充滿野生動物的荒野地帶一樣。三年前當Angus的媽媽建議他義賣糖果來賺錢時，他馬上就想到以鱷魚為主題一定可以吸引很多人！

開發出鱷魚眼睛糖果的創業家

不過Angus會創業，其實是十分偶然的機緣。當年七歲的他看到電視報導裡，有些人因為沒錢，只能坐在街上或是房子外，他很想幫助身無分文的人。他問媽媽，可不可以擺攤賣檸檬水？媽媽覺得這個主意不好，但賣糖果比檸檬水吸引人！在媽媽的鼓勵跟協助下，他開始義賣用3D列印圖案製作的鱷魚眼睛糖果，這種可食用的圖紙很方便，小朋友不用吐掉就能直接舔糖果。這樣的設計果然廣受歡迎，現在他每天都會

上網收訂單，安排出貨的先後順序，然後回覆報價與可以寄出商品的時間，忙碌的程度，儼然是一名專業企業家。

如果訂單太多太忙，他會請朋友 Isaac 來幫忙，兩人合力包裝、貼上貼紙、綁緞帶，Isaac 很欣賞 Angus 的事業發展，所以很樂意幫忙。年紀相仿的兩個小男孩，邊工作邊玩，看起來沒什麼不同，但仔細聽他們閱讀拼字，就會發現 Isaac 能唸出來的字比 Angus 多。

創業是為了克服自己的閱讀障礙

原來 Angus 是有閱讀與寫字障礙的特殊孩子，讀幼兒園時，老師和媽媽已經注意到他在閱讀與書寫上的發展比同齡孩子弱，但大家認為他只是學習速度比較慢，只要給他更多時間就沒問題。一直到了七歲，Angus 開始嚴重落後，成績掉到D，每天回家都很沮喪，覺得自己很笨，世界上每一個人都比自己聰明。媽媽看了心裡很難受，因為 Angus 原本是快樂天真的孩子。

為了改善 Angus 寫字會上下或左右顛倒的問題，媽媽常常幫他作拼字練習，也決定帶 Angus 辦些有趣的活動，以不同的學習方式，幫助他克服閱讀障礙，這也成為 Angus 創業的源頭。為了義賣糖果，Angus 必須收信、寫信、計算金錢，還要參加市集活動，與陌生人面對面社交，介紹自己的糖果，學習當一名老闆。

Angus 參與的第一個市集，是買賣換物市集，他賺了二十美元，興致勃勃的他，向媽媽宣布：「我想拓展自己的事業，我是認真的！」Angus 說到做到，參加海灘市集，他架起招牌、擺出更多糖果，賺了一百五十五美元，媽媽教他扣除成本，淨利有一百四十五美元，Angus 決定捐出二十美元給慈善機構，「我玩得很盡興，還能捐錢給別人！」

Angus認為這個賺錢生意真是好極了！

擴大事業，以發揚在地文化為目標

要繼續擴大事業，就要設計更多糖果，Angus決定找原住民朋友Tony幫忙。Angus所居住的北領地達爾文和澳洲其他大都市不同，這裡地廣人稀，有獨一無二的自然景觀，還有豐富古老的原住民文化，Tony是其中一支原住民拉瑞奇亞人（Larrakia）的長老。

Tony對Angus來說，不只是朋友，也是原住民導師。對原住民來說，森林就是人類的健康商店，他教Angus認識森林裡哪些植物汁液可以吸食，也教Angus採集綠螞蟻，吃綠螞蟻是原住民的神奇藥方，不但可以減緩病症，還能增進肺部健康，不過澳洲重視原住民權益，要採集螞蟻前，一定要先經過原住民同意，如果未經同意就採集會被視為偷竊。

Tony 引導 Angus 辨識樹上的綠螞蟻巢穴，同時眼明手快將螞蟻巢摘下，快手裝進箱子，「綠螞蟻咬人很痛，速度又快，沒有人會喜歡螞蟻爬到自己手上。」Tony 笑著說。

Angus 不只喜歡鱷魚，也很喜歡北領地達爾文獨有的濃厚原住民文化，他想在自己販售的糖果裡增添原住民風味，讓更多人認識達爾文這個地區。為了研發出好吃的綠螞蟻糖果，他找來廚師 Sam 協助，綠螞蟻原本就是原住民食物，吃起來味道有點酸，如果能和甜甜的糖果融合在一起，滋味一定很不錯。不過新產品的研發過程總是會遇到困難，只能透過不斷的調整，才能達到理想的結果。

我想成為熱心助人的糖果供應商

「我創業的目的是為了幫助沒錢的人，我希望用自己賺的錢，幫助他們過更好的生活，能捐錢給別人是件好事呢！」Angus將這次海灘市集的收入，捐給當地的兒童慈善機構，這個機構照顧許多身障兒童，平時Angus不只捐出糖果讓他們義賣募款，也會直接小額捐款。

可以捐款給需要的人，讓Angus覺得很快樂，接下來，他打算以自己的事業，幫助罹患癌症的人，他的朋友Diana就是因為癌症過世，當時Angus曾為了喜歡鳥的Diana，折了非常多的紙鶴祈禱，如今還有許多紙鶴掛在房間窗邊，提醒Angus自己未來一定要想辦法幫助更多人對抗癌症。

媽媽眼中的Angus，有一顆溫柔的心，性格斯文，又非常為人著想，在媽媽的幫助下，Angus創業成功，他知道自己有閱讀障礙，但不代表沒有實現夢想的能力。現在，他夢想未來能成為這個世界上最大的糖果供應商，幫助更多人，也讓更多孩子知道，學習遇到障礙不代表人生也會遇到障礙！

酷少年
小檔案

十歲的 Angus Copelin-Walters，雖然有閱讀障礙，但在媽媽的鼓勵下，仍然成為鱷魚糖果事業 CEO，並且在每一筆交易的收入中，都捐出一定的比例給慈善團體，用他獨特的方式追求自己的夢想。

小孩酷斯拉影音頻道
Angus Copelin-Walters

酷意見要如何開始？

要經營一間公司有許多訣竅，例如要有引人注目的企業形象、獨一無二的商品，例如非常具有地方特色的鱷魚眼睛糖果、鱷魚招牌，都可以讓顧客印象深刻，最後算好合理的利潤、訂出售價，然後你就可以準備創業了！

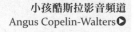

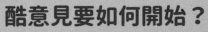

我想讓每個兒少都有表意權 邱達夫

溝通就好比絲線的拋接，如果兩個人正常溝通，就像是我拋出一條線給別人，那個人再拋一條線給我，過程中不斷編織出一個美麗的形狀；如果沒有好好溝通，拋出的那一條線就會回到自己身上，最後慢慢形成一個蛹，把自己包起來了。

「鈴！」電話鈴聲響起，邱達夫緊張的等待立委辦公室的電話接通，這是因為他要約時間去拜訪立委，向立委提兒少表意權的倡議。大概沒有幾個十四歲少年，會主動打電話到立委辦公室，邱達夫卻這麼做了，

最喜歡的數學或是最重視的人權，都是對理想的追求

邱達夫說：「我很喜歡數學，但學習過程比較封閉。相較之下，在推動人權議題過程中，我要學習和許多人溝通，無論是立委或執行長、其他學生，都要好好交流，所以在推動人權議題後，我自己也有了改變，我很滿意打開心胸後的自己。」

邱達夫還有一個新發現，他曾經用數學去分析歐陽詢的書法，想知道為什麼他寫「永」字特別美，結果發現無論長度比例、筆畫配置都近似黃金比例。原來，無論是他最喜歡的數學或是對於人權的爭取，都是一種對理想的追求。

酷少年
小檔案

十五歲的邱達夫想成為一位數學家，另一方面也很關注兒童人權的推動。在他單槍匹馬拜訪立委後，發現在現有體制之下難以有太多改變，於是把行動擴展到與幾個朋友一起在校內舉辦公民論壇，讓兒童能更具備表意的權利和公共參與的意願。

小孩酷斯拉影音頻道
邱達夫▶

酷意見要如何開始？

兒童平時該怎麼表達自己的意見？如果學生在校內要能實踐表意權，可以定期舉辦公民論壇，討論時事，例如深澳案、觀塘案和酒駕刑責等，或是關於學生在校的生活規定。如果公民論壇結果無法讓學校接受，學生可以更積極發動連署，凝聚共識，提高影響力，或許有機會迫使學校去改變某些規定或行為。

晨讀10分鐘系列 040

晨讀10分鐘
酷少年故事集

作者｜公共電視、零壹媒體創意有限公司、諶淑婷
插圖｜顏寧儀

責任編輯｜李幼婷
封面設計｜Bianco Tsai
版型設計｜王薏雯
行銷企劃｜葉怡伶

天下雜誌群創辦人｜殷允芃
董事長兼執行長｜何琦瑜
媒體暨產品事業群
總經理｜游玉雪
副總經理｜林彥傑
總編輯｜林欣靜
行銷總監｜林育菁
副總監｜李幼婷
版權主任｜何晨瑋、黃微真

出版者｜親子天下股份有限公司
地址｜臺北市104建國北路一段96號4樓
電話｜（02）2509-2800 傳真｜（02）2509-2462
網址｜www.parenting.com.tw
讀者服務專線｜（02）2662-0332　週一～週五：09:00~17:30
讀者服務傳真｜（02）2662-6048　客服信箱｜parenting@cw.com.tw
法律顧問｜台英國際商務法律事務所・羅明通律師
製版印刷｜中原造像股份有限公司
總經銷｜大和圖書有限公司　電話：（02）8990-2588

出版日期｜2021年3月第一版第一次印行
　　　　　2024年8月第一版第八次印行
定　價｜350元
書　號｜BKKCI020P
ISBN｜978-957-503-686-7

訂購服務
親子天下Shopping｜shopping.parenting.com.tw
海外・大量訂購｜parenting@cw.com.tw
書香花園｜臺北市建國北路二段6巷11號　電話（02）2506-1635
劃撥帳號｜50331356 親子天下股份有限公司

立即購買 >
有聲故事書

國家圖書館出版品預行編目(CIP)資料

晨讀10分鐘 : 酷少年故事集 / 公共電視, 諶淑婷文 ; 顏寧儀圖. -- 第一版. -- 臺北市 : 親子天下, 2021.03
200面 ; 14.8×21公分. -- (晨讀10分鐘系列 ; 40)
ISBN 978-957-503-686-7(平裝)

863.55　　109015514